AF271828

Frihetsboken III

Texter

Motlivstexter
&
De vilsevandrade

P M Jonsson

FSC
www.fsc.org
MIX
Papper från
ansvarsfulla källor
Paper from
responsible sources
FSC® C105338

Denna bok tillägnas min älskade hustru som är min musa, mitt bollplank, min livskamrat och mitt ljus i livet

Denna bok är ett skönlitterärt verk. Namn, gestalter, organisationer, platser och händelser är antingen påhittade av författaren eller används fritt som en del av fiktionen. Alla likheter med verkliga personer, levande eller döda, händelser eller platser är helt tillfälliga. Endast de artiklar som märkts med (P) i rubriken är baserade på verkligheten.

© P M Jonsson 2024

Förlag: BoD – Books on Demand, Stockholm, Sverige
Tryck: BoD – Books on Demand, Norderstedt, Tyskland

ISBN: 978-91-8057-605-5

Innehållsförteckning

Förord

I normala fall brukar en bokserie inledas med att den först utgivna boken, utgör bok 1 och därefter kommer bok 2,3 och så vidare. Men vi lever inte i normala tider längre. Vi lever i inskränkande tider där yttrande- och tryckfriheten begränsats via den så kallade *Spionlagen* eller *Utlandsspionlagen*. Det har för egen del inneburit att *Frihetsboken I* inte bara kan ges ut fast den är färdigställd. Boken måste genomgå en juridisk granskning, artikel efter artikel, för att tillse att inte texterna bryter mot den luddigt formulerade lagtexten. Konsekvenserna i annat fall skulle ju vara att såväl författaren som utgivaren riskerar fängelse samt att upplagorna skulle beslagtas. Detta granskningsförfarande kommer självklart att dra ut på tiden emedan inga prejudicerande fall ännu existerar.

Därför ger jag nu ut *Frihetsboken III* först i serien och därefter troligen *Frihetsboken II*, en *Handbok för aktivister*. Så istället för att invänta en utdragen juristgenomgång av första delen så börjar jag härmed med att ge ut den tredje delen i bokserien.

Den första halvan av boken består av vad jag valt att kalla *Motlivstexter*. Det är skrifter som utgörs av micro-, mini- och kortnoveller, med fiktivt politiskt innehåll. Länge visste jag inte hur jag skulle förmedla alla de kortare texter jag bar inom mig. Jag hade något att säga men jag fann inte formen för skrivandet. Så plötsligt skrev jag ner en textidé som till sitt format utgjorde en kortnovell. Det behövdes inte mer, inte fler ord. Den var färdig. Jag förstod att jag funnit min metod, mitt eget uttryckssätt att förmedla mina tankar. Jag fann en röst och arbetet kunde börja.

Motlivstexterna är skrivna i avsikt att få människor att tänka efter, för att medvetandegöra och och för att väcka människors kamplust att förändra och förbättra världen. Berättelserna har också alla en sensmoral och ett budskap. Många av artiklarna utgör moraliska dilemman som ställer frågor om vad som är rätt eller fel, på sin spets för läsaren.

Andra delen utgörs av poetiska texter som skrevs 1984-1992 och som aldrig publicerats förut.

Kontakt: frihetsboken@protonmail.com

Hemsida: https://frihetsbok.wordpress.com/

Det var inte mitt kall

Jag var närmast färdig med min fackbok med statistik, diagram och all fakta och forskning kring hur de medellösa och det arbetande folket levde och behandlades av staten. En helt vanlig dag när jag satt och skrev med öppna dubbelfönster kom solen fram, en vindil blåste in genom fönstren, tog tag i mitt manuskript och flög iväg med allt material.

Jag var förkrossad. Hela mitt livsverk var borta. Men efter 14 dagar växte en ny tanke fram. Vad var det jag egentligen ville med mitt arbete? Jo, att verka för de fattiga och det arbetande folket. En svårgenomtränglig faktabok var inte det rätta verktyget att nå dessa mina människor. Det var inte mitt kall!

Mitt kall bestod av tre delar: att skapa medvetande om det förtryck de levde under, att bygga upp en kampvilja och att i skrift leda dem till och i strid. Jag skulle skriva pamfletter, artiklar, program och uppelda de motiverade. Väcka människors vilja att förbättra sina levnadsvillkor.

Jag tvingades utarbeta en ny form för mitt arbete. Skapa mig en nisch. Att skriva hela böcker med ett sammanhang var uteslutet. Jag behövde kortare texter med substans och innehåll. Texter som alla orkade ta sig igenom, även de som inte var speciellt intresserade av längre texter.

Jag uppfann micro- och mininoveller som jag kunde skriva korta för att skapa medvetande, bygga upp människor och inge dem kampvilja. Texter som jag kallade motlivs- och motståndstexter. Några var lite längre men aldrig så långa så att de fick människor att tröttna under läsningen. Andra var korta men kärnfulla. Tillsammans kunde micro- och mininovellerna fungera även i bokform då folk kunde läsa några stycken och sedan lägga boken ifrån sig till en annan gång. Jag hade tagit fram ett specialanpassat verktyg för mitt nya skrivsätt. Funnit min nisch och min nya arbetsform. Jag började arbeta.

Motliv

Mina kollegor har vikt av från min sida, försvunnit bort, blivit irrelevanta och oviktiga. De skriver feelgoodböcker eller menlösa deckare. De skriver om mindfulness, hälsa, träning och mat. De har skrivit slut. De har skrivit ut sig. De lever medliv. Jag fortsätter skriva vikt och leva motliv.

Vad är då motliv? Att inte skriva för utan alltid emot. Att vara motvalls, färdas motströms, att gå mot vinden, att göra motstånd, att vara en motkraft, ge moteld att skriva motartiklar och därvid leva ett motliv. Att leva motlivs är att aldrig anpassa sig och skriva oviktiga böcker eller artiklar utan vikt. Aldrig sälja ut sig och skriva för att tjäna pengar eller bygga karriär genom att vara politiskt korrekt, en anpassningsbar opportunist. Att inte vika sig för majoriteten och skriva annat än det man står för.

Hur är då ett motliv? Motigt och alltid kämpigt. Inget kommer gratis. Du får slita med dina skrifter. Du får jobba för att bli publicerad i bokform eller med artiklar. Du blir ensam. Folk söker inte ditt sällskap. Du är ju inte "inne". Dina skrifter talas det inte om. Det passar sig inte att känna dig eller ens diskutera dig. Det kan vara karriärbrytande att bara träffa mig.

Varför lever du då ett motliv? För belöningen personligen är stor. Jag stiger upp varje dag och kan se mig själv i spegeln. Jag skäms aldrig över mitt liv, mina skrifter. Jag är stolt över vem och vad jag är, vad jag står för och vad jag skriver. Jag har inte sålt ut mig och jag har min själ kvar intakt. Jag väljer själv vad jag vill arbeta med och skriva om. Jag tar inga order eller beställningar. Jag är mitt eget livs chef. De människor som finns i mitt liv är få men de är äkta. Det är de som är en av mig. Jag vet det för ingen tjänar eller vinner på att umgås med mig. Det är ren förlust för dom.

Jag gillar det liv jag lever. Det arbete jag gör. Jag mår bra. Jag kan med fast blick möta min bild i spegeln. Och hur många kan innerst säga det om sitt liv och sitt arbete? Kan du?

Författarliv

För en författare existerar ingen ledighet. Författaren jobbar alltid. Det finns inget viloläge. Ingen stopp- eller on/offknapp. En författares hjärna arbetar oavsett plats, situation och klockslag. Även om en författare tar semester så arbetar hjärnan i bakgrunden med att formulera och fabricera nya texter, finna rubriker, textutbyggnader, stolpar och inte minst med att vänta ut och in texter. Plötsligt tvingar hjärnan författaren att ta emot färdigbearbetat material oavsett vad han då sysslar med. Författarens hjärna arbetar alltid, överallt och författaren måste alltid nedteckna texten när idén kommer till honom.

Författarens hjärna bryr sig överhuvudtaget inte om författarens åtaganden eller scheman. Inte heller om författaren kommit sent i säng, ska upp i ottan eller sover som bäst. En författares arbete blir heller aldrig färdigt. Det finns ännu oskrivna berättelser. Det finns skisser, inte helt genomtänkta tankar och utkast som ännu inte fått eller funnit sin färdiga form. Ord fattas, struktur saknas, idén är ännu inte färdiguttänkt. Författarens arbete är för livet. Det tar hela livet. Det finns alltid en historia till.

Jag är författare. Det är inget yrke. Det är ett liv.   Okänd

Ett fullgott liv

Jag läser. Jag skriver. Jag tänker.
Vad mer kan en människa begära?

Jo, ett fylligt, rött vin. En älskad kvinna och ro i bo.

Det är ett liv. Det är ett fullgott liv.

A writer is a world trapped inside a person.   Victor Hugo

Det handlade aldrig om ett val!

En programledare frågade mig under en intervju i direktsänd nationell TV varför jag hade valt att slåss för andras mänskliga rättigheter. - Det intressanta med din fråga är varför du förutsätter att jag haft eller gjort ett aktivt val, svarade jag. Jag äger själv förmågan att anlysera skeenden och händelser i vår omvärld och skapa mig en egen bild. Så som alla måste göra som inte är beredda att rakt av köpa medias och politikers bilder rakt av. Och när jag fått en klar bild över en situation blir det min absoluta skyldighet samt medborgerliga och samhälleliga plikt att agera.

Jag förtydligade att det för min del aldrig varit frågan om ett val. Att för en tänkande människa med moral och empati existerar inga val. Du måste utefter förmåga, tid och omständigheter arbeta för en rättvisare värld. Det är ditt ansvar, din plikt.

Programledaren fortsatte intervjun och frågade om jag kunde se mig som patriot,

10

med tanke på den omfattande kritik jag riktat mot mitt hemland? Jag svarade: En människorättsförsvarare behöver stå fri och obunden såväl ekonomiskt som politiskt och endast acceptera gåvor från privatpersoner eller icke-statliga organisationer. Du måste vara absolut omutbar.

Som Människorättsförsvarare/-aktivist känner man inga landsgränser. Man är Världsmedborgare. Kampen för mänskliga rättigheter står över allt i världen. Du måste stå fri att i samma mån ta till strid mot alla länder och system som inte upprätthåller de medborgerliga eller mänskliga rättigheterna. Din lojalitet är mot folket, ett ideal och en idé. Du är obrottsligt lojal mot en sak som är större än du själv.

Särlingskapet är en gåva

En författare är alltid en särling

Han visade sig för mig, den enda han kunde visa sig för. Den som såg honom. För bara särlingar ser verkligen en annan särling. För en särling är aldrig en av de många, inte ens i en folksamling. Han är sig själv och aldrig en kopia av en annan. Hans särlingskap syns för de som kan och vill se honom.

En särling kan aldrig ingå i ett sammanhang. Han är alltid ensling i allt. Du kan dela en eremitgrotta med särlingen om du själv är särling. Ni vet båda då att delningen är bara för en kortare tid. Skulle den vara längre är en av er särlingar, ingen särling. En särling kan gå på föreläsningar, olika möten, delta i kortare projekt, medverka på konferenser men bara för en kort tidsperiod. En särling blir aldrig medlem i en organisation eller en förening. Då skulle han inte vara särling för ett sådant engagemang är över tid vilket en särling inte har för andra eller annat.

Särlingskapet är aldrig en förbannelse. Det är en gåva, ett resultat av att man föds till *Motsats-* och *Motliv*. Särlingar har integritet, styrka, frihetsvilja och skaparkraft. För de behöver aldrig ta hänsyn till andra. Ensamma styr de sin tid, sitt liv och sin utveckling. En särling kan dock aldrig be en främling om råd. En särling lever ett annat liv skild från den låga hopen. Då han är en ensling har han ingen att förställa sig för och förblir därför äkta, genuin och alltid sig själv. All tid sig själv.

Vägval

Varje människa kommer någon gång i sitt liv till ett vägskäl där de tvingas göra ett aktivt val. På grund av personliga omständigheter har de kommit till en punkt där de inte längre bara kan fortsätta på den inslagna vägen, utan måste välja vart de ska gå härnäst. Det är uppvaknandets och människoblivandets tid.

De tvingas då välja vilken väg genom livet de vill färdas framöver samtidigt som de väljer vilken sorts varelse de vill vara framledes. En stor majoritet väljer att böja sig för omständigheterna och väljer den breda allmänna, lättvandrade vägen och de kommer inte att ångra sig och kommer aldrig att se sig tillbaka. De är trygga att vandra den stora massans väg.

Alternativ finnes dock, och det är i given situation att alls inte böja sig för livets omständigheter utan att kämpa emot, ta kampen och dessa människor väljer ofelbart att ta strid för sina och andras omständigheter och väljer därmed motståndets och krigarens väg.

Denna väg är inte allas väg. Denna väg är inte de mångas väg. Denna väg är outsiderns, rebellens, aktivistens och frihetskämpens väg. Det är motståndets väg. Det är ingen enkel väg. Den är smal och går igenom oländiga trakter. Stundom är den nästan oframkomlig. Det kan ta ofantlig tid att bara ta några steg framåt. Ibland måste man helt enkelt slå läger och invänta, avvakta en öppning att gå vidare. Men de som väljer denna vägen är införstådda med detta. För den som väljer den smala vägen kunde inte valt den andra vägen. Den var inte deras väg att vandra. Och den som valt den svåra vägen älskar trots all strid och vedermöda sin väg. Deras väg. Och vägen tillbaka är sedan länge sluten och broarna brända. Vägen leder ständigt vidare och bort. Den raderar sig själv medan du går.

Vägen är ensam och mötena få. Det kan hända att något annat vilt slår följe och delar din väg en stund. För det finns inget så vilt att den inte annat vilt förstår och igenkänner. Vild är också vild tillsammans och fri. Men även då, så delar två vägen men de gör inte samma resa. För varje individ gör sin egen resa om än tillsammans en bit, längs samma långsamma väg.

Oftast är dock vägen en enslig väg där ensamheten är en gåva. Ty uti gåvan finner du tystnaden att tänka och formulera dig. I människobullret på de breda vägarna bor bara låga tankar utan höjd och substans. Här kan du vara bara i dig själv och växa dig större, förmera och förnya dig. Ty längs den smala vägen finns inga tuktade rabatter. Här växer det vilda fritt och ofta fruktsamt.

I det ensliga bor en pärla i en förtrollad mussla som sluter sig när de talade orden blir för många. Men växer gränslöst där tystnaden bor. Och odlar du den länge nog under din vandring kommer du att se den smida sig själv till rättfärdighetens svärd som ingen kan göra våld på och inget kan hejda, då svärdet smitts i frihetskampens heta eld. Kommer du nånsin dit har du kommit långt och då är vägen snart slut. Men innan dess väntar verket. Du har precis så mycket tid till förfogande som räcker tills verket är fullbordat. Och när det är fullbordat vandrar du utan att du ens märker förändringen rakt in i de osynligas armé. Där ingen är förmer än en annan och där ni alla vandrar för andra och för varandra.

De osynligas armé

Vi är de Osynligas armé. Vi vidrör alla samma arv. Vi vandrar genom tiden i en tidlös och uråldrig tradition. Vi är alla de som gått före i kampen för frihet, jämlikhet och rättvisa och jämnat vägen för de som kommer efter oss. Vi är där för alla som kämpar för sin hudfärg, sin åsikt, sin yttrandefrihet m.m. För alla som utsätts för myndighets-, statsförföljelse eller får utstå förnedrande övergrepp och övervåld på grund av vad de arbetar med, tror på eller vem eller vad de är.

Varhelst en människa utsätts för orätt, för ojämlikhet eller berövas sin frihet, är vi där. Varje gång någon mördas för vad eller vem han/hon är och tror och kämpar för, är vi där. Varje gång yttrandefriheten kränks, när människor tystas och ej längre kan eller får skriva eller tala fritt, är vi där. Varje gång olika åsikter förbjuds på grund av att åsikterna hotar staten eller maktens representanter, är vi där.

Varje gång en människa kämpar för att bli fri och frikänd för något han inte gjort eller för något som aldrig ens varit ett brott, är vi där. Varje gång en demonstration äger rum för en rättfärdig sak eller mot en orättfärdig sak, är vi där och vandrar sida vid sida med demonstranterna.

Vi vandrar för frihet. Vi vandrar för jämlikhet och vi vandrar för allas rätt till alla sina personliga fri- och rättigheter. Vi är de som vandrar bredvid. Vi är där för alla som arbetar inom samma tradition som vi gjorde. Varhelst en människa kämpar för frihet, jämlikhet, rättvisa och allas rättigheter, är vi där - motiverar och inspirerar i arbetet. Du kan inte se oss men du kan känna vår närvaro och vi är där för just dig och vi kommer att vara där så länge du kämpar för frihet, jämlikhet och rättvisa. Och när du dör bjuder vi in dig att marschera med oss genom tiden och hjälpa och stödja framtidens brödrar och systrar i kampen.

För vi fortsätter att marschera och arbeta mot allt som är orättfärdigt i världen. För vi kan inte dö. Vi är legenderna, vi är traditionen för de som lever och kämpar idag. Vi är De Osynligas Armé.

Memories of our lives, of our works and our deeds will continue in others.
Rosa Parks

Alla vet att spelet är riggat och att alla samlagar (P)

När Palme mördades sköts samtidigt hela Folkhemsideologin i sank. För Palme var ideolog och den sista förespråkaren av folkhemmet. Mordet på Palme var därför ett mord på ett helt samhällssystem och Sverige vaknade upp till ett mörkt, kallt land. Där huset började skaka, tavlor föll ner, tapeterna lossnade och brädorna bröts loss ifrån golvet.

Alla vet att spelet är riggat
att polis, åklagare, domstolar, politiker, media och näringslivet
alla spelar i samma lag,
att alla samlagar.

Spelet riggades strax efter Palmemordet.
Vi skördar bara missväxtens säd nu.
Staten sålde sig själv och sålde ut folkets tillgångar
till riskkapitalbolag i skatteparadis. Sjukvård, skola, äldreomsorg, SJ, Posten och Elbolag m.fl.
Allt såldes och allt blev konkurrensutsatt - sämre men dyrare, mycket dyrare och mycket sämre.

Privatiseringar, kallade avregleringar, banade väg för omflyttningar av enorma kapital från det vanliga folket till de redan rika.
Aktieägarna framtvingade massiva utdelningar och knappast något av företagens vinster återstod att fonderas och investeras eller till förbättrade arbetsvillkor.

De reaktionära tog makten och bar olika färger och blommor i sitt hår. Det fanns inte längre bara rött och blått, även grönt och brunsmörja framträdde nu på paletten.

Kampen var aldrig väpnad. Det behövdes inte.
Alla utom de som bodde längst vänsterut, anslöt sig villigt.
Vinnarna blev frivilliga slavar under systemet
och plockade villigt marknadsliberalismens bomull,
och de som trampar golvet är alltid de som betalar
De vinner aldrig och får aldrig mera bröd.

Så vande vi oss också med fattigdom och nöd.
Så lärde de oss än en gång sagorna
att allt blir bra och i himmelen får du din lön - vid din död -
bara du snällt fogar dig och aldrig kräver din rätt.
Och hur skulle du ens kunna kräva? Du vet ju att spelet är riggat, att alla spelar i
samma lag. De samlagar.

Det är vi som är Sverige (P)

Det är vi som är Sverige. Vi som är sjuksköterskor, vårdbiträden, busschaufförer,
lastbilschaufförer, brevbärare, tidningsutbärare, byggnadsarbetare, stenläggare,
asfaltläggare, kassörskor, lagerarbetare, industriarbetare, förmän, fackombud,
städare, diskare, hemarbetare, kulturarbetare, servitriser, vaktmästare, gatsopare,
renhållningsarbetare, parkarbetare, gravgrävare, fiskare, prostituerade, snö-
skottare, gruvarbetare, rallare och många flera. Det är vi som är Sverige.

Vi finns i alla sorter. Vi är alla kön. Vi är alla raser. Vi är alla sexuella läggningar.
Vi är alla religioner och Vi är alla åldrar. Vi är alla intelligensnivåer. Vi är handi-
kappade, skadade, slitna, utslitna och friska. Vi är födda i Sverige eller har
kommit hit som flyktingar, invandrare eller arbetskraftsinvandrare. Vi är alla, men
också olika. Det är vi som är Sverige.

Det är vi som är Sverige. Det är vi som förstör våra ryggar och leder. Det är vi
som får förslitningsskador. Det är vi som går in i väggen. Det är vi som blir
skadade och avlider på jobbet. Det är vi som blir psykiskt sjuka. Det är vi som blir
tablettmissbrukare så våra värkande kroppar kan fortsätta arbeta och bära sam-
hället. Det är vi som blir tidigt utslitna och inte kan jobba fram till pensionen. Det
är vi som är långtidssjuka. Det är vi som är förtidspensionerade. Det är vi som är
Sverige.

Det är vi som bär Sverige – utan oss stannar Sverige. Det är vi som bär
miljonärerna och miljardärerna, grevarna, friherrarna och baronerna, fabriks-

ägarna och aktieägarna, företagsledarna, manschettjänstemännen och -kvinnorna, kostymnissar och pennkjolskvinnor, räknenissarna, pappersvändarna och politikerna genom lågkonjunktur såväl som högkonjunktur, genom pandemier och kristider. Det är vi som bär Sverige.

Det är vi som är Sverige. Det är vi som bär Sverige. Det är vi som är arbetarna. Det är vi som är folket. Det är vi som är det arbetande folket. Det är vi som är Sverige.

Det är vi som när Sverige (P)

Det är det arbetande folket, de som trampar golvet, som är Sveriges pulserande hjärta. Motorn som ger drivkraft så att maskineriet går igång, får hjulen att rulla och får Sverige att fungera.

Landet och människorna behöver dock mer. Det krävs själ. En själ är ett abstrakt fenomen. Du kan inte se den i sig, du kan inte ta i den. Du kan bara förnimma och uppleva dess uttryck inom dig. När du känner förundran, häpnad, beundran eller känner att du är en del av något större. Då lever din själ upp och växer. Du växer som människa.

De som kan förmedla, ge saker själ och företeelser liv kallas konstnärer eller artister. Det är vi som är författare, poeter, manusförfattare, filmregissörer. Vi är målare, grafittimålare och konstnärer. Vi är dansare, breakdancers, balettdansörer, konståkerskor och konstgymnaster. Vi är musiker och textförfattare. Vi är trubadurer och vissångare. Vi är rockartister, punkartister, populärmusiker. Vi är filmskådespelare, teaterartister, stå-upp artister, revyartister och varitéartister. Fotografer och skulptörer. Keramiker och smeder. Konstsmidare och glasblåsare. Vävare och klädddesigners. Finsnickare och koreografer. Parkeurer, brädsurfare och skateboardåkare. Ja, vi är alla dessa och många, många fler

Det är vi som ger Sverige en själ. Det är vi som kommer med drömmarna. Det är vi som ger er hisnande visioner. Det är vi som ger er kostbara och ovärderliga skatter. Det är vi som skänker mervärde åt livet. Det är vi som bygger själ. Det är vi som ger Sverige en själ.

Så mycket brydde sig staten om arbetarna... (P)

Med tanke på att Sverigedemokraterna ville sätta in militär i förorterna och att Regeringen återigen vill se samarbete mellan polis och militär publicerar jag denna artikel för att påminna om hur det gick förra gången militären sattes in mot medborgarna.

Efter sex månaders strejk emot arbetsgivarens beslut att sänka våra löner fick vi nog när arbetsgivaren satte in strejkbrytare för att göra vårt jobb. Så på Kristi Himmelsfärdsdagen 1931 gick folket i Ådalen man ur huse för att protestera och demonstrera. Myndigheterna svarade med att sätta in yrkesmilitärer mot vanliga arbetare och medborgare. 20 beridna militärer och 40 infanterister beväpnade med gevär och kulsprutor.

Så gick det också som det gick. Med gevär och kulsprutor sköt militären med berått mot civila och vapenlösa. Fyra arbetare och en kvinnlig åskådare arkebuserades. Ytterligare fem arbetare skadades av militärens kulor.

II

Oss talas det ej om i skolan, det nämns ej ett ord på fabrik. Vi avhandlas ej i TV och i radion är det alldeles tyst. Dock var vi en del i ett skeende som nästan viktigast var i vårt århundrade.

Ty en gång höga stod ropen, för rätten att behålla vår lön. Det var allt vi ville med strejken. Men för detta måste vi dö.

För de dödade oss för vår fattigdoms skull. De dödade oss för vår hunger. De dödade oss för rätten att sänka våra löner och låta svartfötter arbeta i vårt ställe.

Militären avrättade fem och försökte döda ytterligare fem. För denna arkebusering blev ingen fälld för vi var ju bara några fattiga och hungriga arbetare.

En furir fick tre dagars arrest. Inte för mord eller ens dråp, utan för försummelse i samband med flyttning av kulspruta. Det var allt våra liv var värda. Staten kan verkligen finna på vägar att håna en arbetare, även efter hans död...

Våra liv var inte ens värda upprättelse. Levande hade vi alls inget värde...

Dock hade det faktum att vi mördades, likväl en funktion. Morden släckte effektivt ut Högerns och Liberalernas regeringsambitioner, för lång tid framöver.

1932 vann Socialdemokraterna valet och behöll sedan makten i 44 år framåt. Makten byttes mot våra liv.

Så fick våra fattiga liv ändå ett värde till slut. Vi betalade med vårt blod för ett maktskifte. Det kostade oss "bara" våra fattiga liv medan våra mördare gick vidare som om ingenting alls hade hänt...

Författaren Erik Blombergs dikt Gravskrift återfinns vid de fem mördades gravvårdar:*"Här vilar en svensk arbetare. Stupad i fredstid. Vapenlös, värnlös, arkebuserad av okända kulor. Brottet var hunger. Glöm honom aldrig".*

När maskiner, robotar och AI tagit över

Jag kan se människor med bruna skjortor marschera. Jag hör deras ledare hålla tal där han uppmanar till allmän förföljelse och resning emot oss. Jag kan höra deras stöveltramp där jag ligger gömd. Nu hittar dom mig, slår mig i handfängsel och för bort mig.

Det är mörkt omkring mig när jag vaknar. Många människor sover runt om mig i en liten barack. Vi är alla likadant klädda. Vi bär en röd triangel framtill på våra kläder. Vi är fackföreningsfolk, kommunister, anarkister, syndikalister och oliktänkande. Vi var vanligt folk, Vi var arbetarna. Vi är de som inte längre behövs. De som har ersatts med robotar, maskiner, apparater och med artificiell intelligens. Vi är de obehövda och onödiga. Å, vi är fattiga och kostsamma.

Svagt, minns jag att mamma berättade liknande historier när jag var liten. Om människor som var märkta med stjärnor som bodde precis som vi. Men föga hjälper det mig att minnas. Jag bor här nu och jag kommer att dö här.

Varje morgon släpas en flock människor skrikande iväg för att aldrig mer återkomma. Andra igen bärs ut och kastas på en hög utan ceremonier. Det är dom som haft tur. De som inte längre kan nås. De som inte plågas mer. De som fått dö. Men varje dag kommer tåget och fyller på med nya offer.

Mat är något vi får precis så mycket att vi svältande förmår uppehålla livhanken. Arbeta skall vi göra om dagarna. Med fotboja och länkade till varandra med grova kedjor. Vi jobbar med hammare och slår sönder sten. Stenen används inte till något speciellt men jobbet tär på oss så vi fortare dör. Ibland har man tur. Då blir man utvald att gräva gravar för de döda. Det är inte så slitsamt som att jobba med

18

stenen.

På söndagar är det besökstid. Inte för oss men det kommer folk som får vandra runt och titta på medan vi jobbar. De är väldresserade. De har lärt sig läxan om våra lika hemska som oförlåtliga förbrytelser. Att vi har avvikande åsikter och att vi är fattiga och inte längre kan få några jobb. Tiden har ohjälpligt gått oss förbi. De kastar sitt glåp och sitt hat emot oss. När de kommer bort till likhögarna hurrar de och tjoar. De är lyckliga för att vi inte längre finns ibland dom. Att vi förvaras bakom murar så att vi inte längre stör de rika, välbärgade och nödvändiga. Så de slipper se oss. Jag undrar varför dom hatar oss så?

Jag är kolare. Det är ett liv!

Jag bebor skogen. Jag är en del av skogen såsom träden och djuren. Jag är milare långt in i finnskogarna med mil efter mil till närmaste kolare. Kanske en gång varannan månad kommer Jon på besök med brännvin och kött. Då är vi lustiga en natt innan Jon måste tillbaka till sin mila och lärlingen.

En gång kom en kvinna förbi och sov över. Vi älskade under fällarna invid milan. Jag bad henne stanna, men hon sa: Jag vill bli skog först. När jag är färdig kommer jag så vaktar vi milan tillsammans. Men först vill jag få skogen i mig, lära mig skogens sånger, lära mig kola och göra min del av arbetet. Jag skrev en visa om henne och min längtan. Jag kallade den: *Jag väntar vid min mila.*

Vargen kom förbi en dag. Jag har sett han sedan jag började kola för många år sedan. Han ställde sig på 30 meters håll, betraktade mig, tog in mitt väsen. Sakta gick han framåt medan han såg mig rakt i ögonen. Han lade sig ner knappt 10 meter ifrån mig, med huvudet på tassarna och bara var. Han visste att även jag var skog. Endast det som skog är, vargen kommer när. Jag gav honom torkat kött. Vi åt och sov i blind tillit till varandra. Ibland kommer han förbi och äter och sover hos mig.

Annars vaktar jag milan. Jag täcker kolmilan med torv, gräs, sand och jord. Det får aldrig börja brinna för då blir stockarna aska istället för kol. Jag läser och skriver en del. Tänker och tar in skogen. Lär mig skogens alla sånger och väntar att min käresta ska komma. Det är mörkt, det är kallt, det är ensamt. Men, det är ett liv! Det är mitt liv!

19

Vår barndoms monster har växt upp och skaffat sig kostym och uniform

Så trodde vi när vi var små på alla de sagor och figurer de berättade för oss. Vi trodde på monster, häxor, onda trollkarlar och troll som rövade bort barn.

Barndomens monster skrämmer mig icke längre. Jag har städat under sängen och rensat min garderob. De har inte bo där längre.

Men det onda lever inte längre bara i sagorna. Det har krupit ut ur böckerna och tagit sig kött, kropp, väsen och gestalt. För monstren under sängen växer upp precis som vi. Byter skepnad, får makt och position. De vuxna monstren har skaffat sig kostym eller uniform och kallar sig politiker, militär eller polis. Men tag aldrig miste. Oavsett klädsel och ställning är de fortfarande våra barndoms monster och skrämmer oss precis som förr. Och tittar du tillräckligt länge så ser du helt visst, deras bockfot och svans.

Vi är vad vi är och Vi är alla lika mycket värda!

Adelsmannen struttar högfärdigt runt i sin 12-rums våning på Östermalm och skrävlar om sin adliga släkt och dess långa anor. Direktör Adelhem-Ankarkvist är nyrik, har avancerat uppåt i hierarkin och tror sig vara förmer än vanligt fattigt folk. Han tror finheten sitter i status, kronor och ören.

Men hur de än struttar runt, spänner bröst och prålar fjädrar ,så är de likväl inte ett uns förmer eller finare än den fattigaste levande, afrikanska kvinnan i bushen. En kvinna som inte äger vare sig ord, jord, hus, kapital eller ens har mat för dagen. Ty fattig som rik,vi är alla av samma art – Människan. Vi har alla samma ursprung och härstammar från färgade mödrar och fädrar i Afrika. Det är vetenskapligt belagt vilket ej kan förnekas och därför ska vi heller aldrig förhäva oss och tro att vi skulle vara bättre eller förmer än andra människor på grund av anor, rikedom, ras, hudfärg, nationell tillhörighet, folkslagstillhörighet, religion, kön, politisk åsikt, fysisk eller psykisk förmåga eller nedsättning, språk, ålder, sexuell läggning, ekonomisk eller social ställning m.m. Vi har alla samma bakgrund och samma ursprung. Vi är vad vi är och Vi är alla lika mycket värda!

För svarta, vita och röda, gula. fattiga, rika är samma folk, och allihopa är vi lika fula och allihop är vi bara smolk.   Nils Ferlin: En skål i bröder

As är as oavsett ras

Skiljelinjen mellan människor går aldrig mellan olika raser, hudfärg, politiska åsikter, religioner eller sexuella läggningar. Ej heller går skiljelinjen mellan "svenskar" och invandrare. Det finns bara två verkliga skiljelinjer mellan människor.

Den ena skiljelinjen går mellan goda och onda människor. Goda människor strävar efter att leva ett gott liv och uppföra sig anständigt gentemot sina medmänniskor. De gör ingenting som skadar andra människor. Tycker de illa om andra låter de dom vara. De behöver inte bry sig, de behöver inte umgås med dom men låter dem vara ifred och leva ifred. Det kallas Tolerans. Live and let live.

De onda människorna är de som medvetet skadar andra människor. Med ord, med våld eller i gärning. De kan bara inte låta andra människor leva i fred med sina liv. De måste verbalt, i skrift eller med våld, ge sig på alla de inte förstår sig på och vars livsstil de ogillar. De kan ogilla människors sexuella läggning. De kan ogilla dem på grund av ras och hudfärg. De kan ogilla deras religion eller bara hata dem för de är invandrare. *Dessa hatfyllda människor är as oavsett ras!*

Den andra skiljelinjen går mellan fattiga och rika men det är en helt annan artikel.

När brunpestråttorna sprider sig över landet

När ett land ruttnar inifrån och när förruttnelsen sprider sig ifrån toppen och ner till de breda folklagren. När brunråttorna sprider smittan än vidare, ner och in i de djupa folklagren. När de brunpälsade marschråttorna åter en gång börjar kila och återtar gatorna. När staten börjar avmaskera sig, gnaga på fri- och rättigheterna och urholka rättsstaten. När staten klär av fru Justitia och rånar henne på rättvisans våg och samtidigt på löpande band börjar avskaffa eller inskränka de grundläggande mänskliga fri- och rättigheterna. Då, kan ingen längre stå passiv, bredvid och låta sig tystas, eller?

När du hör det börjar krasa i samhällsbyggnationen och sprickorna sprider sig och växer längs väggar och tak. När du känner marken skakar och rister och bygget börjar falla sönder, rasa, implodera. Tycker du då att det är tid att börja reagera?

När säkerhetspolisen hämtar dina grannar och de aldrig mer återkommer. När hela bostadsområden töms på sin befolkning och alla husen förblir öde framöver. När affärer som ägs av felfärgade eller felreligiösa människor töms på sina varor av statens lakejer. När politiska partier och fackföreningar förbjuds och deras företrädare inte finns att hitta någonstans. När riksdagen stängs och regeringen består av bara ett parti. När människor tvingas bära armbindlar i olika färger med olika texter. Kan du då tänka dig att ta dig ton mot förtryckarna?

När allt fler områden med baracker byggs och fylls med människor som inte begått några brott. När skorstenarnas rök tränger in till städerna. När lukten från skorstenarna förpestar landet med en frän och främmande odör. När människor med avvikande åsikter får sparken från sina arbeten. När samma människor aldrig kommer hem när de avskedats, utan bara försvinner. När människor börjar hämtas på arbetsplatser, gator, i parker eller på torg och lastas på lastbilar och försvinner för alltid. Är du då beredd att göra motstånd?

När fabriker och arbetsplatser är nästan helt öde. När du är en av väldigt få kvar som går till arbetet på morgonen. När alla du känner, som inte försvunnit, går klädda i bruna uniformer. När din kvinna lämnar dig för att du vägrar ta på dig uniformen som överlämnats till dig. När dina barn föraktar och spottar på dig stående i sina barnuniformer. När tidningarna slutat utkomma. När TV:n bara innehåller propaganda för brunpartiet. Är du då beredd att gå under jorden och göra motstånd eller väntar du hellre på att brunråttorna sparkar in dörren, handklovar dig och med våld för dig bort till lägren?

Massaker eller laga insats? Det beror på hur man ser saken, på vem och vad man är

Detta är en påhittad och rakt igenom fiktiv text utan verklighetsbakgrund. Men är den en utopi eller en möjlig händelseutveckling? Det är helt upp till läsaren att avgöra.

Bakgrunden är att arbetarna på en krigsvapenindustri går ut i strejk då de ej kan acceptera arbetsgivarnas bud på 2 % löneökning, i en tid då inflationen ligger på 10 %. Efter 6 månaders strejk utlyser regeringen undantagstillstånd inklusive strejkförbud. Rakt emot landets arbetsmarknadslagar som fastslår att arbets-givarorganisationer och arbetstagarorganisationer har ensamrätt att förhandla fram löneavtal, fastslår regeringen att arbetsgivarnas bud ska gälla. Regeringen informerar också om att militär kommer att placeras ut för att förhindra vidare strejker och att militären har beordrats att skjuta skarpt mot de som överträder strejkförbudet.

Vittnesmål 1: En konservativ och regeringstrogen person; Jag såg en sjaskig, illa klädd och arg hop dra fram längs gatorna, skrikande, skränande och bärande plakat och banderoller med texter krävande sin rätt att strejka samt löneökningar på 5 %. Militären varnade med megafon strejkdeltagarna att avbryta strejken och gå hem. I annat fall skulle de öppna eld mot demonstranterna för att skingra dem. De strejkande fortsatte att tåga och militärerna öppnade eld varvid flera föll till marken. Då urartade strejken. Butiksfönster krossades, statyer exploderade och gick i kras. Polishästar sattes in för att bryta upp leden av strejkande. Tårgas avlossades för att mota bort demonstranter. Poliser till fots ingrep och hjälpte människor upp som ramlat och förde bort dem för att skydda dem från striderna. Fullt tumult rådde och många sågs försvinna in bakom krossade affärsfönstren för att plundra. Efter ett tag sking-rades de strejkande och upploppen lade sig varvid militärer och strejkande drog sig bort. Allt hade skötts föredömligt och enligt regeringens påbud. Det var dock förfärligt att skåda den förstörelse och förödelse de strejkande ställt till med som fönsterkrossning, plundring och vandalism av affärer, statyer och värdefulla konstverk.

Vittnesmål 2: En vanlig medborgare och arbetare; Jag såg ett strejktåg med vanliga arbetare i skjortor, t-shirts, jeans och vardagsjackor marschera utefter sin grundlagsskyddade rätt att demonstrera och strejka. De hade plakat och bande-roller som krävde löneökningar och strejkrätt. De marscherade tysta och samman-bitna. Stolta och beslutsamma att föra kampen för högre löner och stå upp för sina ideal.

Militären varnade strejktåget och beordrade dem att upplösas och gå hem då strejkförbud och undantagstillstånd hade införts. De meddelade också att om så inte skedde skulle de öppna eld för att skingra hopen.

Trettio sekunder senare öppnade militären eld och de obeväpnade strejkande föll som käglor. Statyer liksom fönsterrutor sköts urskiljningslöst sönder av militären varefter en del strejkande sökte skydd från kulorna i affärslokalerna. Poliser på häst kom från sidan och red rakt in i folkmassan utan några som helst skrupler. Många slogs omkull av hästarna och trampades till döds. Tårgas ersatte kulorna och lade en dimma över slagfältet. Efter någon minut tystnade elden. Gasmasks-försedda poliser till fots stormade in och slog folk medvetslösa med batonger. Polis och tillkommande ambulans förde bort de skjutna och skadade, Nästan inga forslades bort i polisbilar för de flesta var döda, svårt skadade eller i behov av vård.

Det var en massaker. Militären var inte ute efter att stoppa demonstrationen. De var ute efter att oskadliggöra och döda så många som möjligt för att sätta stopp för framtida strejker. De sköt helt urskiljningslöst mot obeväpnade strejkande med sånt ursinne att allt krossades längs gatorna. Förstörelsen var enorm och människor flydde för sitt liv in i affärslokalerna för skydd. Sedan lade militären en tårgasdimma över slagfältet för att osett kunna rida över folk och misshandla och döda alla de fick tag på. De löpte amok i skydd av det införda undantagstillståndet som gav dem rätt att döda, skada och misshandla.

Slutsatsen man kan dra av vittnesmålen är att vad man uppfattar och ser kring en specifik händelse står i direkt proportion till vad och vem man är som människa. Vad som verkligen hände var att militär och polis tillsammans dödade 897 personer och svårt skadade ytterligare 1 236 personer. Skadorna uppgick till 426 miljoner. Inga åtal väcktes mot någon inblandad. En statlig utredning fastställde 2 år senare att allt skett utefter de befogenheter som undantagstillståndet tillät… Strejken avblåstes för denna gången. Tre år senare utbröt en ny strejk men det är en annan historia.

Är hämnd oavsett omständigheter alltid fel?

Två år efter att min dåvarande man misshandlat mig nästan till döds gick jag fortfarande till en terapigrupp för misshandlade kvinnor. Terapeuten pratade om vikten av att förlåta för att kunna gå vidare och må bra. Jag sade att jag kommer aldrig att förlåta svinet som knäckte alla mina revben och slog ut mina tänder. Han är ett as och jag ska förr eller senare slå tillbaka. Terapeuten berättade då om Jesus och att han predikade om att slår någon dig på din högra kind så vänd ock den vänstra till. En kvinna, som var på terapin för första gången, upphov sin röst och sa: Jävla tjafs. Gamla Testamentet talar om Öga för öga och tand för tand. Varför kan vi inte lika bra följa Gamla Testamentets uttalande som det som Jesus, säger i Nya Testamentet? Varför ska den ena trossatsen hållas före den andra? Jag håller med om att jag inte skulle må ett dugg bättre av att förlåta kräket som slog mig. Endast hämnd kan få mig att må bra. Den svenska författaren Marianne Fredriksson skriver i sin bok Ondskans leende följande: *Dina klasskamrater har mobbat och kränkt dig under en lång tid. Ber du om förlåtelse nu så kränker du dig själv. Du har rätt till din vrede och din bitterhet.* Så resonerar även jag.

Efter terapin pratades vi två kvinnor vid. Vi hade också varsin väninna som blivit svårt misshandlade och vi bestämde att vi måste träffas och utbyta tankar alla fyra.

Vi var alla ense om att skapa en aktionsgrupp och ta hämnd på män som misshandlat kvinnor svårt. Vi skred till verket med stor beslutsamhet. Vi skaffade aluminiumslagträn, stilettbatonger och två pistoler. Allt köpt via kontakter på svarta marknaden och därför inte spårbara tillbaka till oss.

Vi inledde med att svårt misshandla ett antal män som bevisligen grovt misshandlat kvinnor som fått men för livet. Vi var maskerade vid varje tillfälle. Två av oss riktade pistoler mot gärningsmannen medan två slog ut tänder, sparkade in revben, krossade knäskålar. Vart och ett scenario gjordes så likt det dom själva utsatt sina kvinnor för tidigare. Med längre mellanrum plockade vi också våra ex-män som slagit oss halvt fördärvade. Då det helt saknades något mönster i vårt handlande så blev vi aldrig misstänkta för brotten mot våra ex heller. När vi så plockat våra ex-män, och ett antal till för att inte bli misstänkta och lämna ett möjligt mönster att upptäcka, så lade vi plötsligt ner verksamheten helt. Vi hade tagit hämnd och vi mådde förträffligt. Vi var psykiskt botade och särdeles nöjda med vårt arbete.

Vi vet att vi grovt och hänsynslöst misshandlat en rad skyldiga män. Vi har inte bara hämnats den misshandel vi själva utsatts för utan även hämnats å många andra systrars och kvinnors vägnar.

Gör icke mot andra vad du inte själv vill bli utsatt för, anser vi vara en väldigt god moralisk princip. Men moralen är ju olika och det finns säkert de som dömer oss hårt likaväl som det finns dom som hyllar oss.

Så frågorna är: Ska samhället tillåta eller hålla sig neutrala när gärningsmän utsätts för samma sak som de själva utsatt andra för? Är det rätt att ta utomrättslig hämnd när oerhört många män går fria eller får väldigt lindriga straff för synnerligen svåra våldsbrott riktade mot kvinnor? Ska kvinnor som skadats och fått både psykiska som fysiska men för livet, bara förlåta och gå vidare? Eller, har de rätt att ge igen med samma vapen?

Tänk efter och besvara dessa frågor inför dig själv och gör det inte enkelt för dig med att bara konstatera att det är fel att ge igen för att det är brottsligt. Gå till ditt innersta, din känsla för rätt och fel, din moral och rannsaka utefter alla omständigheter om du på djupet tycker våra hämndaktioner varit rätt eller fel. Du kan lära en hel del om dig själv om du vågar utmana, utsätta dig själv och verkligen analysera dig själv, din moral och din rättskänsla en gång. Våga tänka på djupet en gång!

Vi är kvinnor och inte strykrädda hundar!

Män har i århundraden låtsats som om vi inte existerat förutom som en vacker, prydnad i ett oupplyst hörn av bostaden. Vi har inte tillåtits utbilda oss. Vi har förvägrats arbeten. Vi har inte fått höras, ej heller synas och allra minst fått ta plats i samhället. I mans namn fick vi på nåder skriva artiklar, författa böcker och måla konstverk. Men vi fick aldrig ta äran eller namn av våra verk. Nej, endast under ombud, manlig pseudonym eller äkta mans namn, tilläts vi äga röst.

Så tystade och förminskade husbönderna våra verk och förvandlade oss till simpla konstnärshjon. Vi ägde inte våra liv, vi ägde inte våra kroppar, vi ägde inte vårt arbete. Vad skiljde oss så ifrån slavarna på bomullsfälten eller på industrigolven? Inget, vi var dom.

Dock dög vi till parning. Att vara käril för den befruktande säden. Å så länge vi höll oss i vår kvinnliga fålla och agerade mödrar, barnskötare, värdinnor, kokerskor, städerskor var vi också lättstyrda och därför välsedda.

Men, ni kan lägga locket på grytan och gömma förnedring och skändning därunder ett tag. Dock eldas det hela tiden på den varma plattan. Grytan blir allt varmare. Det ångar och pyser. Det byggs upp ett allt högre tryck som måste få ett utlopp. Och, till slut slungar det underliggande trycket locket åt helvete och ut väller allt det rasande och kokar över all bräddar.

Det är vad som händer nu. Det mullrar allt mer och trycket byggs upp. Särskilt länge till förmår ni inte hålla oss nere. Vi kommer att resa oss med styrkan av de många och kasta av oss lock och bojor, kräva och ta vår rätt. Vi är vreda amazoner beredda att slåss för vår rätt att vara jämlika och synliga. Kommer ni att stödja oss i vår kamp för våra jämlika rättigheter?

En kvinna ska vara två saker: Vem och Vad hon vill. Coco Chanel

Blodröd säd

De sköto oss med gevär och begravde oss i jord. Vi var de icke skyddsvärda. De som saknade mänskligt värde och vars liv därför också saknade värde.

De trodde så att de tystat oss. De hade fel. Väldigt fel.

För det visste de inte att det som göms i jord aldrig riktigt dör. Det vilar ett slag sedan bildas ett nytt, ett annat liv. Ett liv som gror sig starkt och oböjligt under ytan, i mörker.

Första året var vi blott en liten obetydlig klunga av sädesstrån som växte i kanten av en äng. De få som såg oss sade att det var en förunderligt vacker men främmande säd. En röd säd såsom vore den sprungen ur blod. Nästa år var vi fler och täckte en försvarlig bit jord. För varje år blev vi många fler strån som täckte en allt större areal. Ty för varje person som dödades av deras kulor och begravdes i jorden, växte miljontals nya strån upp.

När tio år gått täckte vi halva jorden. När femton år gått täckte den blodröda säden 95 % av jorden. Man skulle kunna tycka att de som framlevde sina dagar bortom säden hade mycket spannmål att äta.

Så var inte fallet. För det visste de inte att den säd som växer ur blod från ett taget liv heller aldrig kan förtäras. Så spred sig armodet och svälten bland maktens män. Och dagen kom när det inte längre fanns några fler att döda. Den dagen hade säden omringat sina fiender och det fanns inte längre någon mark kvar som inte täcktes utav säd. Blodröd säd.

De människor som fanns kvar var våra bödlar och de dödade till slut varandra. Så dog människan ut och allt som fanns var en blodröd, förunderligt vacker men främmande säd.

Ty det förstod de inte, våra bödlar, att det var deras dödliga våld mot folket som närde och var säden som slutligen förtärde dem. Och att ju fler de dödade ju fortare tog de död på sin jord och sig själva och ju mindre livsrum fick de.

Ty för varje person du dödar för att de står upp för sitt liv, friheten och sina rättigheter så dödar du samtidigt en bit av dig själv, av din själ. Ända tills den dag då ingenting återstår av ditt jag. Du krymper ditt livsrum tills säden helt tagit över ditt liv och kväver dig. Det visste de inte…

Å de som dragits orättvisa över, dör aldrig. De kan inte dö! De lever blott vidare i annan form, i annan gestalt och sår ett frö hos andra. Och när fröna blivit tillräckligt många, när de nått majoritet hos det levande, kan ingenting stå emot och de odöda tar då makten tillbaka ifrån sina förtryckare. Å det visste de inte att sanningen alltid segrar. På något vis och i någon form – för sanningen kan aldrig dö eller tystas!

Jag var en barnsoldat

En text om när kampen för frihet genom inbördeskrig slår väldigt fel och soldaterna på båda sidorna begår helt oförlåtliga, fasansfulla övergrepp och mord på sina egna. Varning för våldsamma och brutala skildringar!

Jag väcktes av kaptenens spark i ryggen, för ännu en dag i barnarméns tjänst. En kopp varmt vatten, en tepåse, en uppblött brödbit och vi var återigen på väg. Idag fyller jag 17 år. Jag tänker tillbaka på dagen för fyra år sedan när soldaterna kom. De pekade på mig och sa jag skulle följa med. Min far protesterade och höll mig i skydd bakom ryggen. Ett skott i huvudet och han protesterade aldrig mer. Min mamma och syster överlevde. Våldtagna och svårt brända, efter att soldaterna tänt på deras kläder efter övergreppen. De hade mått bättre av att följa min far. De hade mått bättre om de fått ro från världen.

Fyra år senare är jag veteran. Jag har upplevt saker jag aldrig kan glömma. Varje natt spelar jag upp minnena. Det finns ingen flykt. Jag kan inte komma undan. Du kan inte fly från dig själv och dina gärningar. Du kan inte läka öppna, blödande sår i själen. De kommer att blöda i resten av ditt liv.

Jag känner ännu lukten av brinnande hyddor. Jag hör skriken från våldtagna och mördade kvinnor. Jag hör vrålen från övergivna barn, tjutande förtvivlat efter att de förlorat sina mödrar. Tjut som abrupt avbryts då kulorna smaskar in i deras små, försvarslösa kroppar. Salvor av skott som slår in i kött. Jag hör kolvslag mot huvuden som krossas. Lukten av levande, brinnande människor. Människor som dumpas, som gödsel i en stack. Soldater som tänder facklor och kastar på högarna. De ännu levande människornas skrik som länge, alltför länge trasar sönder en inombords, innan de äntligen får dö bort.

Och jag kan inte vända mig bort. Jag kan inte blunda, stänga mina ögon. Jag kan inte sätta händerna för ögonen. För allt detta ser jag inom mig varje minut av mitt liv. Det har redan hänt och är nu en fasansfull och ohygglig film som gång på gång spelas upp för mig varje natt.

Kan gärningar skyllas krigets förråande effekt? Kan man ursäktas med att man strider för en god sak? Kan det för folkmord och rensningar någonsin finnas ens den minsta ursäkt? Svaret är alltid NEJ och åter NEJ! Inga krig i världen är värt att utkämpas till så ohyggligt höga pris! Det finns inga förklaringar som håller och det ska aldrig finnas någon förlåtelse för de brott som begås i krigets namn. I religionens namn eller andra än mer ljusskygga syften.

Marien Kabange fortsatte att vara soldat i tre år till innan han hängde sig. För en soldat är kriget aldrig över. Han fortsatte att spela upp krigsscenerna varje dag och till slut orkade helt enkelt inte Marien Kabange att leva.

Jag är rättvisan

Jag ville tala med maktens herrar och bringa dem sanningen om mitt folk. De vägrade dock tala med mig. För det bodde ingen rättvisa i deras hjärtan. Det nådde inget ljus till deras själ.

De sade jag ljög från sina höga tribuner. De sa jag var i sold hos den onde. Så sände de istället polis mot mig. De slog mig i järn och begravde mig i deras fängelse.

Å vad var då mitt hemska brott? Folkmord? Massmord? Nej, inget alls så brutalt. Jag författade skrifter om sanningen. Det tålde de inte så de tystade mig. Ty så rädda var de för mitt ord att deras generaler skyggade, deras politiker kurade och sökte varandras händer.

Så gingo då många de dagar. Månader, kanske år. Så en natt vaknade jag. Det satt en kvinna invid min bädd. Hon bar enkel fotsid klänning med ett rep runt midjan och för ögonen bar hon en mask. Hon sa till mig: Res dig och följ mig och jag ska leda dig dit du måste.

Hon öppnade dörren till min cell, med en svepning med handen. Hon höll vakterna undan med en viftning mot väggen. Hon vandrade med mig utan ord mot staden och när vi kommit fram tog hon min hand och visade mig vägen till den stora domstolen. Hon ropade med tordönets röst så byggnaden skakade: Samlen er här, i domare, och hör vad vårt vittne har att säga. Domarna rusade till salen och satte sig skräckslagna ner.

Hon sade: Så lyssna då på vad min följeslagare har att säga. Så talade jag då länge inför församlingen och många ojade sig och andra grät. När jag talat färdigt sa kvinnan sammanbitet till domarna. – Ni ska nu fatta beslut om denna man, om han är god eller ond, om han har rätt eller fel.

Å efter kort tisslande reste sig en av domarna och sa att jag var oskyldig, att domen skulle undanröjas direkt och att jag var fri att gå.

29

Vi gingo ut ur domstolen och satte oss på en bänk. Jag frågade vem hon var. Jag har kallats vid många namn. En del känner mig som fru Justitia och en del som något annat. Dock har ingen rätt. Jag är rättvisan!

Så tog hon av sig masken och visade mig sina ögon. De var blinda, förstörda. - När jag var liten stack de ut mina ögon. För endast såsom blind kunde jag se. Se allt och inget. För alla de som kom till mig såg jag ej. De talade till mig om sin sak och jag dömde utan att jag visste hur de såg ut, vilka kläder de bar, om de var omåttligt rika eller utarmade. Endast så kan rättvisa skipas. I blindo för världens sken.

För det spelar ingen roll om någon bär titel, krona eller medaljer. Det spelar ingen roll om någon är klädd i trasor, bär kostym, prästklädnad eller oskattbar klädnad. Det spelar ingen roll om någon är fattig eller rik. Om någon är kung eller tiggare. För lagen känner ingen skillnad. Lagen gör ingen skillnad! Lagen gäller lika för alla!

Så gå nu och berätta *Sanningen* för människorna. Och när du upphört att finnas till blir du en del av *De Osynligas armé* för Frihet, Jämlikhet och Rättvisa.

Fru Justitias barn

Du och jag har aldrig språkats vid. Du och jag har aldrig träffats ändå skulle vi genast igenkänna varandra om vi möttes. För du och jag känner inte varandra ändå känner vi varandra ingående som syster och broder. Känner varandra mer intimt än vi någonsin känner våra närmaste vänner. För vi delar något annat. Något större än vänner och älskande gör.

Vi arbetar med olika metoder och verktyg och vi kämpar för olika mänskliga rättigheter. Det som binder oss samman är den eld som brinner i oss alla, ett förtärande och glödande patos för rättvisa åt alla. Det gör oss till syskon i kampen.

Vår moder är Fru Justitia och hon är moder till 100 000-tals barn, av alla de folk-slag och färger. Vi är alla barn av samma moder. Vi är syskon av samma moder. Det blod som brinner i dig brinner också i mig. Vi är rättvisans och frihetens söner och döttrar. Vi är delar av samma människoskap.

Din tanke är min tanke. Du håller tal med min röst och mina ord. Jag skriver dina ord. Jag bär är er med mig i mitt hjärta och jag finns i dina tankar.

Min väg är din väg. Vi är varandra. Lika till förväxling. Vi delar tro på demokrati och allas lika värde och rättigheter. Vi slåss för frihet, jämlikhet och rättvisa och för allas rätt till samma friheter och rättigheter. Vi är frihetskämpar och vi finns över hela världen. Vi är Fru Justitias sanna barn och vi är stolta över vad vi är – Frihetens och rättvisans förkämpar

Man hittar sina syskon överallt i världen.
Sara Lidman

Och Jesus sade: Jag ville aldrig katedraler... Så var aldrig min lära

Jag var en vanlig, enkel människa. Jag kom till världen i ett stall och min far var snickare, min mor hemmafru. Jag var ett vanligt arbetarbarn.

När jag blivit mogen min uppgift gick jag ut i världen för att sprida min tro. Jag predikade varhelst jag fann människor. I öknen, på stränder, vid sjöar, på kullar och slättmark. I byar och städer. Folk började följa mig. Det var trashankar och sjuka. Det var skökor och slavar. Det var tjuvar och rövare. Det var bönder och fiskare. Det var vanliga enkla, fattiga själar som lyssnade på min predikan. De var mitt folk.

Å jag träffade människor som trodde på mig och som bad mig bota dem. Ingen blev mer förvånad än jag själv när förlamade gick, när spetälska tillfrisknade och när döda åter kom till liv.

Mitt följe blev större och började hota prästerskapets makt. De konspirerade med romarna för att ta mitt liv. Dock brydde jag mig ej. För min lära var aldrig deras.

Min lära exkluderade ingen. Jag lyssnade och lät kvinnor som män tala. Jag bjöd på vin och fisk och njöt av att se folk dansa. Min lära var frihetens lära. Toleransens och den tillåtande trons. Jag ville kvinnor såväl som män skulle njuta av livet. Sjunga, dansa, dricka och älska.

Jag förbjöd aldrig nån att älska en person av samma kön. Kärleken är lika för alla och alla har rätt att älska den de älskar. Hetero- eller homosexuella. Jag älskade dem alla oavsett börd, ras, fattig eller rik. För mig var alla lika, vem och vad de än

31

var. Förbuden var kyrkans och prästerskapets medel för att kontrollera och hålla människor nere i fattigdom, med löften om belöningar i himmelen. Jag predikade sanningen. Jag talade om människors jämlikhet och lika rättigheter.

Jag ville aldrig katedraler. Jag ville aldrig kyrkor, tempel eller prästerliga palats. Så var aldrig min lära. Predika gör du bland folket, där folket är. Du behöver inga hus eller lokaler.

Katedraler, tempel och kyrkor har inget med tro att göra. De byggs för prästerna och ej för de troende. Och tror gör du varje dag. Tron bär du inom dig, utövar varje dag och inte blott på söndagen i en kyrka.

Jag ville aldrig gudabilder. Tro är aldrig klass eller yrkesbestämd. Den är varje medmänniskas tro. Jag ville aldrig guld, silver och rikedom. Det var aldrig min lära att samla guld och rikedom i lokal eller runt hals. Så sälj ert guld, er rikedom, mark och skog. Sälj era ljusstakar, dopskålar, altartavlor, krucifix och kors i ädla metaller, diamant- och briljantbeströdda. Sälj dem och ge pengarna till de fattiga, hemlösa och trasiga.

Bygg om era kyrkor till härbärgen för hemlösa och sjukhus för behövande. Lämna sedan och gå ut bland folket och predika på gator och torg, i skogar, vid sjöar, vid havet, i städer, på berg och kullar och låt orden ljuda över berg och världar dagligen, varhelst människor är. Ty så var min lära.

Och minns: *Allt vad I gören mot dessa mina minsta har I ock gjort mot mig.*

Det var icke Gud som skrev bibeln. Bibeln var icke Guds verk och ord!

Bibeln var aldrig guds ord och verk. Det var inte gud som skrev bibeln. Det var icke guds ord som folket läste ur Bibeln och tog till sig som gudsord.

Nej, det var människor som skrev bibeln och så lade in de påbud, fördömanden och förbud som de ansåg riktiga. Så var det därför aldrig guds ord att *kvinnor ska tiga i de heligas församlingar,* vilket vill säga under gudstjänsterna. Uttalandet var ett illvilligt reducerande av kvinnorna, nedtecknat av män vid samman-fogandet av 39 olika böcker till Bibeln, år 397 e.kr.

Det var heller icke Guds ord som återgavs i Tredje Moseboken 20:13: *Om en man ligger hos en annan man som man ligger hos en kvinna, så gör båda en styggelse. De skall straffas med döden, blodskuld vidlåder de.*

De troende människorna intalade sig dock att det var Guds egna ord i Bibeln vilket färgar och bestämmer deras tankar och liv än idag. Så går de kristna också omkring och fördömer starka kvinnor samt lesbiska och homosexuella, ty så har Gud sagt. Dock har de fel. Bibeln är icke guds ord och verk. Förbud och påbud har stiftats av självrättfärdiga människor och inget annat. Lämna därför Gud utanför. Det är män och inga andra som diktat Bibeln och förbuden.

Hur kan människor tillbe en gud som sanktionerar massakrer?

Jag sitter på min kammare, grubblar och funderar över människors behov av tro och religion.

Alla stora världsreligioner har begått folkmord och en rad andra vidriga dåd. I de olika gudarnas namn startas krig, mördas, torteras och våldtas oskyldiga civila. Vissa religioner låg bakom Häxjakten och brände, hängde och halshögg människor. Inom en annan religion frodas en pedofilkultur där präster och kardinaler våldtar korgossar. En annan religion utför terroristdåd och behandlar kvinnor som fångar och lågtstående djur. Korstågen hade ihjäl en lång rad människor, andra troende mördar än idag andra religiösa för de tror på en annan gud vilket till synes ger frisedel att på de mest barbariska sätt spränga och bränna människor. Ja, uppräkningen kan göras oändlig.

Jag förstår helt enkelt inte varför människor utan skuggan av ett bevis på någons guds existens likväl blint kan tro på ett väsen som aldrig har visat sig för dom? Ett abstrakt väsen som ej går att se, höra eller ta på? Det är och förblir för mig en stor gåta. Speciellt emedan deras gudar inte bara tillåter grymma, omänskliga våldsdåd utan även tillåter den enorma ojämlikheten i världen av fattiga och rika, av män och kvinnor, av fria och ofria folk, av systematisk och strukturell rasism.

För hur kan människor tillbe en gud som tillåter sina tillbedjare att begå fruktansvärda övergrepp och missdåd?

Hur kan människor tillbe en gud som inte bara tillåter människor att begå dessa fruktansvärda missdåd mot sina medmänniskor utan även sanktionerar att våldsdåden görs i gudens eget namn?

Hur kan guden stillatigande höra och se på hur hans religion och hans gudlighet missbrukas och används på ett sådant sätt som direkt borde strida mot allt vad gott är i gudomen?

Hur kan en religion stadga att älska din nästa för att i nästa sekund tillåta massakrer av de troendes nästa? Borde inte sådana händelser få människor att vakna upp ur sin gudshypnos och ta avstånd från religionen?

Jag förstår inte och kommer med all säkerhet aldrig att göra det heller. Men så lever jag också som jag lär och tar avstånd från all skenhelighet, all ojämlikhet, all ofrihet, all rasåtskillnad och allt vettvilligt våld. Men det är jag det och inte de religiösa. Tog ni religiösa till er någonting av vad jag skrev ovan, är frågan?

De kallade mig häxa och brände mig på bål för att jag var en stark, kompetent och fri kvinna

De kallade mig Häxa, dock var jag bara en ensam, stark kvinna. Visst ägde jag och samlade kunskap om växter, örter, djur och kring sjukdomar och barnafödande. Det hade dock aldrig med magi eller trolldom att göra. Mina kunskaper byggde på nedärvd kunskap, erfarenhet och bevarade recept från min farmors mor.

Jag botade febersjukdomar med drycker, jag gjorde omslag och lade speciellt tillredda blad med örtblandningar som förband, som läkte sår och utslag. Jag förlöste barn och någon gång emellan hjälpte jag med dekokter mödrar och framtvingade aborter av oönskade barn.

En dag blev jag så hämtad och ställd inför rätten anklagad för häxeri. Anmälan mot mig kom från en avundsjuk läkare som ogillade att jag botade sjuka människor där han tidigare misslyckats. Vittnena var släktingar, barndomsvänner och deras barn, grannar, mina väninnor, män jag haft en relation med eller avvisat. Det var också människor jag hjälpt genom deras sjukdomar och botat. Kvinnor jag hjälpt med abort. Kvinnor vars barn jag förlöst och kvinnor jag hjälpt med att framkalla abort. Det präster som ljög och diktade sagor om att jag tagit kvasten till Blåkulla och haft samlag med Satan. Att jag låtit tjuvmjölkat kor via trollkatter, att jag bortfört barn och fått grannarnas komjölk att surna. Ja, det var människor jag alltid känt som till följden av mitt helande fruktade min kunskap och makt som sammansvor sig och gjorde att jag dömdes till livet.

34

Efter domen kläddes jag av naken och torterades av prästerskapet men jag erkände aldrig. För jag var inte skyldig och tänkte inte ge dom triumfen som ett framtvingat erkännande skulle inneburit. Jag höll ut och jag besegrade dem alla. Jag halshöggs och de brände min kropp på bål. De brände mig för att jag var en stark, fri och kompetent kvinna, vilket män vare sig då eller nu kan hantera...

Hon drömde om eld och bål

Redan som litet barn drömde Annelie om eld och bål. Hon visste tidigt att eld och bål var hennes ofrånkomliga öde. Dock visste hon ingenting om hur, när och varför det var så.

Tidigt kom hon i kontakt med historien om Jeanne d´Arc. Jeanne var en kompetent, stark och osedvanligt framgångsrik kvinna som därigenom fick många mäktiga fiender – kyrkan, prästerskapet och generaler.

Hon ledde sin här av män som var beredda att följa henne i döden. De vann slag efter slag och följde sin ungkvinnas alla order och steg. Blint lojala. Fienderna sa hon var förmäten, förhävde sig och de brände henne på bål för att hon talade med Gud. Men den verkliga orsaken till hennes fall var en annan. Det var den växande personkulten kring hennes person som hotade såväl statens som kyrkans makt över folket samt för att hon var en stark kvinna i en totalt mansdominerad värld. För det, brände de henne för kätteri. Dock lever hon 600 år senare fortfarande, kvar i människors hjärtan, minnen, sinnen och drömmar. För du kan aldrig döda en frihetskämpe. Hon kommer att leva i folks hjärtan och växa sig allt mäktigare och starkare. Hon blir en martyr, en symbol för själva kampen. Hon är själva kampen.

Annelie tog till sig historien och glömde den aldrig. Hon utbildade sig till journalist och bar Jeanne d´Arc med sig i arbetet som en förebild. Hennes drömmar om eld och bål blev allt färre för varje år som gick men de förekom fortfarande. Hon grubblade också mycket just kring bål. Idag är det längesedan människor brändes på bål så hon hade därför svårt att ta till sig drömmen. Det kunde ju helt enkelt inte vara ett förebud då sådana straff var utrotade.

Annelie byggde sin karriär genom stor skicklighet, stort mod och utpräglad rättskänsla. Hon hade likt en skicklig fotbollsspelare förmågan att vara på rätt plats, vid rätt tid.

En dag svarade ett land på en terrorattack med helt oproportionellt, dödligt våld mot främst civilbefolkningen. Journalister dödades, sjukhus bombades, bostadsområden lades i ruiner. Annelie tog självklart ställning för folket som utsattes för närmast systematisk utrotning. Hon skrev en välunderbyggd artikel med historisk bakgrund såväl som ingående fakta kring antal skadade och dödade på respektive sida. Artikeln fick en enorm spridning såväl nationellt som internationellt och reaktionerna lät inte vänta på sig.

Kommentarsfälten på olika sociala medier fylldes ögonblickligen med oerhört hatfyllda kommentarer. Personangrepp fyllda med olika former av hot mot hennes liv, sexuella såväl som olaga hot. Hennes namn, foto och hemadress publicerades på privata konton. Hennes man och barn hängdes ut och hennes arbetstelefon och mobil ringde konstant varvid okända människor ingående berättade om vad ville göra med henne.

Hon kallades upp till chefredaktören som blivit uppringd av Utrikesministern, statsministern och försvarsministern som gav order att hon skulle skiljas från sin post med omedelbar verkan utan lön. De stod i sin tur i förbindelser med andra nationers statsöverhuvud som hotade att avsluta alla förbindelser med landet om hon inte fick sparken efter att ha skrivit en ursäkt innehållande en "rättelse" om omständigheterna kring konflikten.

Chefredaktören delgav henne fakta omkring vad han fått order om. Annelie förstod fortfarande ingenting. Hon ansåg att hon skrivit en helt korrekt och genomlysande artikel i ämnet som hon inte ämnade att vare sig be om ursäkt för eller rätta då den redan var korrekt. Hon hade gjort jobbet och hade tagit rätt ställning enligt sin utpräglade rättskänsla som chefredaktören tidigare alltid högaktat henne för men nu ville hon skulle schavottera för?? Chefredaktören sa att då hade han inget val. Hon fick sparken med omedelbar verkan utan lön.

Hon körde till sin bästa väninnas arbete. Fick nycklarna till hennes enslight belägna hus med löfte om att väninnan aldrig skulle berätta vart hon tagit vägen. Hon körde till mannens arbetsplats och gav honom instruktioner om packning samt adressen till huset de skulle fly till. Hon hämtade barnen på dagis och i skola och körde direkt till huset. Mannen anlände några timmar senare med bilen full av packade resväskor samt proviant för en lång evakuering. Han hade också köpt två mobiler med ospårbara kontantkort så att de kunde hålla sig a´ jour med utvecklingen och ha möjlighet att kontakta viktiga personer.

När hon hunnit sjunka ner och tänka över situationen slog det henne plötsligt. Detta var hennes mardröm om eld och bål. Den dröm hon alltid drömt. En modern version av Jeanne d´Arc. Hon hade bestigit bålet. Lågorna svedde hennes kropp.

Hennes liv, hennes karriär gick upp i eld och lågor. Bara aska återstod.

För ett mediadrev idag har samma effekt som en bålbränning förr. Hon fanns inte mer. Hon var persona non grata. Hon skulle aldrig få ett jobb mer. Hon var bannlyst och fredlös. Hon var ingen och ingenting alls.

Hon hade varit en stark, inflytelserik kvinna med stort stöd från folket på grund av sin integritet och sitt rättspatos. Nu hade staten offrat henne, bränt henne på bål och fråntagit henne levebrödet. Hon skulle leva för alltid under dödshot...

Men Anneli skulle resa sig som en Fågel Fenix ur askan igen. Under den sekretessbelagda pseudonymen Jeanette Arksson skulle hon komma att skriva en rad politiska böcker. Utgivna av ett utländskt förlag. Så segrade aldrig förtrycket. Hon fann liksom vattnet istället en ny väg och rann vidare som om ingenting hade hänt. Hon slutade också drömma om eld och bål...

De tog hans liv men hans stjärna fortsatte att brinna

Vi var bara 23 man kvar efter den första bataljen med regeringsarmén. Kan 23 man betvinga och avsätta en regering med tillgång till 40 000 soldater? Ett enat folk kan förvisso aldrig besegras. Men kan man verkligen utifrån en minimal styrka förmå folket att stödja, hjälpa och ansluta sig till kampen i tillräcklig mån för att störta en diktator? Ja, allt går om man bara tror på det tillräckligt och om man är vitglödgad av hat och vilja.

Bönder och landsortsbefolkningen gömde oss, gav oss husrum och köpte oss tid att bygga oss starka igen. Fler och fler anslöt sig och vi utbildade folket i vapenvård och skytte. Folket skänkte oss i gengäld kläder och kängor och snart var vi mogna igen till kamp. Då drabbades vi av ett förödande bakslag. Vid en tur intill staden för att skaffa utrustning och proviant så angav en av våra revolutionärer oss. Han berättade var vi hade vårt vapenlager och vårt huvudläger i skogen. Militären anföll och 500 av oss dödades eller tillfångatogs och vapnen beslagtogs. Ett hårt slag. Dock fängslades bara en av oss fem i ledningen, Ramon.

Dagen efter maskerade och svidade vi fyra överlevande i ledningen om och tog oss till staden och rättegången. Ramon dömdes till döden via hängning nästkommande morgon.

Ramon fördes fram till den uppbyggda scenen och snaran runt halsen knöts. När det var gjort tillåts Ramon att med händerna bojade framsäga sina sista ord för publiken och i direktsänd TV. Han tog tid på sig. Lyfte händerna, gjorde segertecknet och sade: Jag kommer inte att vara med er vid segern. För segern kommer. Jag ska dock vandra med er sida vid sida utan att synas men ni kommer att känna och märka min närvaro. Vi ska strida tillsammans och tveklöst vinna. För vi är de moraliskt och idealistiskt starkaste och vi har folket och rätten på vår sida. Hängningen av mig kommer att ge den sista och nödvändiga resningen bland folket. Tro mig. Farväl och på återseende, kamrater. Sen ryckte militären undan luckan och Ramons nacke knäcktes och han ströps.

På kvällen fick vi tag i tjallaren när han kom till hotellet efter att ha firat Ramons hängning med militären. Vi forslade bort honom, avrättade och brände hans kropp i skogen.

Resten är historia. Folket anslöt sig i enorma skaror efter den TV-sända hängningen och Ramons heroiska tal vid dödsögonblicket. Militären och diktaturen störtades inom ett halvår. Vi, folket tog makten.

Varenda person ur Folkets Armé kan än idag gå ed på att Ramon marscherade vid sidan av just dem varje dag fram tills segern var ett faktum och revolutionen lyckats. Ni kan kalla det inbillning eller suggestion men vi vet att han var där och stred med oss. Jag såg med egna ögon honom varje dag göra segertecknet som vid hängningen. *De tog hans liv men hans stjärna fortsatte att brinna* ända tills segern var vunnen. Först då tog han sig tid att dö. En sann hjälte. En martyr och en verklig revolutionär.

Efter revolutionen införde vi som första punkt tre nya helgdagar. En Segerdag för firandet av Revolutionen. En dag till minne av Ramon. Den sista dagen var en dag till varning för alla tjallare och angivare. Alla som kommer till Segertorget tilldelas då ett symboliskt paket med en trädocka på en bädd av halm samt en engångständare. Vi lyfter våra tändare och bränner sedan den symboliska tjallaren på bål. Vi firar således förrädarens och tjallarens död. För att befästa folkets sammanhållning och solidaritet med varandra.

Och när folkmajoriteten står enad och beredd till långvarig kamp. Då händer det att den största krigsmaskin som mänskligheten hittills har påtvingats står sig slätt. Göran Palm, Svensk författare, 1931-2016

Jag gav min kropp och mitt kön åt revolutionen

Jag har inget annat att bjuda än min kropp och mitt kön för revolutionen, sa jag till chefen. Det är mycket nog, sa han. Vi behöver alla sorters människor i kampen. Och ditt bidrag är lika värdefullt för kamraterna som nånsin de med gevär och sprängmedel kan ge oss.

Så jag gav dagligen vad kamraterna behövde. I skog, tält och koja gav jag de stridande mitt kön samt en välbehövlig utlösning. Jag tog frustrationen ur dem och satte glädje och förnöjelse i dess ställe. Det tärde mig inte alls. För jag var idealist i lika hög grad som de andra och jag gav med kropp och själ det jag kunde erbjuda. Fri kärlek för folkets revolution.

Var jag då en simpel hora bara? Människor kan säkert fördöma mig och mina handlingar. För det är sant att jag för mat, logi och stundom lite vin sålde min kropp. Jag såg det dock aldrig så. Jag såg mig som en medsoldat, som gav vad jag hade till de som hade behov. Av var och en efter förmåga. Åt var och en efter behov, var även mitt motto.

När vi tågade in i huvudstaden och segern var vunnen, var jag en av dem som gick i första ledet och ingen ifrågasatte min status eller ställning. Jag hade precis som mina kamrater gett allt jag hade och vi hade alla betalat ett kollektivt pris för segern. Och vad kan en människa mer begära än att få vara med om att förändra världen? Om sen verktyget varit ens egen kropp, så vadå? Jag såg det aldrig som ett offer. Jag gav mitt allt. Jag gav min kropp. Jag gav min själ. Jag gav mitt kön. Vad mer kan en krigare någonsin ge, i en kamp för frihet och rättvisa åt folket? Verktygen är likgiltiga så länge de ger förnyad kraft, mod och för till seger. Vad gav du?

Jag stal för hunger och svält

För hunger och svält stal jag, mat för att föda make och barn. När hungern sliter i tarmarna och man ser barn svälta och man blir allt svagare och sjukare för varje dag spelar moral, lag och rätt allt mindre betydelse för att till slut upphöra helt. Du passerar en gräns, går vidare och gör vad du måste för dina egna.

Jag stal aldrig från vanligt, fattigt folk. Jag stal i affärer, i ladugårdar och på storböndernas fält. De jag stal ifrån hade råd. Det hade inte jag.

Varför stal då bara jag i familjen? Mannen var förlamad och sjuk, barnen var 2 och 4 år. Min man var bonde tills för två år sedan då han kallades in till krigstjänst. Kungen ville utvidga landets gränser och inta det rika, och som han trodde, militärt illa rustade grannlandet. Kungen hade fel. Fienden var starkare och dödade och skadade svårt våra stridande soldater. Min man kom hem utan ben efter att ha fått kallbrand. Det var min tur att sörja för familjen.

Vad skulle jag då göra? Jag hade ingen utbildning, ingen kunskap eller kompetens. Jag var hemmafru och mitt liv hade varit att ta hand om vår hydda, städa, laga mat samt leka och passa barnen. Så var det för alla kvinnor i vårt fattiga land. Vi kunde inget annat än att ta hand om och dra omsorg om vår familj. För oss var det nog. Vi visste inget annat liv. Vi kände ingen annan verklighet.

Jag funderade länge på alternativen. Arbete var uteslutet. Kvinnor ägde inte rätt att arbeta eller studera. Det som fanns kvar att välja på var hora eller tjuv och till hora var jag för ful. Så det fick bli tjuv.

Kan det då ursäkta min stöld? Finns det omständigheter som gör att det felaktiga, det som direkt strider mot vår moral, någonsin blir ok? Jag ägde kännedom om att stjäla från andra var fel och förbjudet enligt lag. Jag visste inom mig att det var även djupt moraliskt fel att stjäla. Jag valde att göra det ändå. Att för egen del överträda gränsen mellan rätt och fel.

Jag gjorde det för att kunna sätta mat på bordet. För att stilla mina barns och min mans hunger och för att därmed i förlängningen rädda deras liv. Nöd ger nya, andra och fler perspektiv. Man upptäcker att det strålar ljus från mörkrets stjärnor såväl som ljusets. Det är bara ett annat sken från de mörka stjärnorna och det kostar så mycket mer av ens själ att vandra mörkrets vägar. Men det går och man lever med det.

Under tiden jag stal växte våra barn upp och 8 år senare var bägge ute och arbetade. Pojken vaktade får och flickan städade för nästan ingenting, svart, hos en så kallat "finare familj" och jag återgick till att sköta hem, mat, städning och ta hand om min man.

Jag föddes märkt och registrerad som samhällsfiende

Jag föddes rakt ut till min enda möjliga framtid. Jag kunde aldrig välja. Framtiden var förutbestämd och inga andra alternativ förelåg. Min fader ledde frihetsrörelsen i landet och min mamma var ideologen i rörelsen...

Redan samma dag som jag föddes registerades jag av Säkerhetspolisen på den lista över statsfiender som var konstant. Den som en gång satts upp på listan kunde aldrig mer raderas. Jag föddes till att aldrig få tillstånd att inneha pass eller resa utomlands. Jag kunde bara gå på vissa speciella skolor och endast utbilda mig inom vissa fackområden och ämnen. Jag visste också att jag vid vuxen ålder skulle ställas inför rätta och skickas i fängelse för statsomstörtande verksamhet. Det var aldrig en fråga om. Det var en fråga om när detta skulle ske.

Mamma och pappa häktades och anhölls med jämna mellanrum och hölls frihetsberövade under kortare eller längre tider. De hade dock en uppdelning av sina respektive uppgifter som för det mesta innebar att en av dem var fri och kunde ta hand om oss barn. I värsta fall fanns andra frihetskämpar som backup föräldrar.

Redan som 2-åring hade jag vant mig vid de ideliga husrannsakningarna där alla dokument omhändertogs, där böcker och pärmar vältes ut på golven och där saker krossades mot väggar eller golv. Alla former av böcker fördes noga in på en specificerad lista att användas såsom suspekt material vid senare rättegångar. Alla dokument omhändertogs. Alla kläder kastades ut ur garderober, mediciner vältes ut ur skåpen liksom allt ur badrumsskåpet. Jag fortsatte leka utan att bry mig om den stökande säkerhetspolisen. Det enda de åstadkom var att jag tidigt började hata dem. Ett svart, mörkt hat utan försoning som skulle komma att brinna ini mig tills den dag jag dog.

Under min barndom och ungdomstid fungerade jag som kurir mellan aktivisterna. Jag bar meddelanden i barnvagnar, dockor, i kläder och trosor m.m. Vi hade inga vänner utanför den inre kretsen och vi barn hade inga andra lekkamrater än aktivistbarnen. Det föll sig naturligt då ingen utanför kretsen ändå ville ha med oss att göra. Personer som umgåtts med oss fick räkna med att sättas upp på samma lista över statsfiender och därmed utsättas för skuggningar, husrannsak-ningar samt sparken från sina arbeten m.m.

Från och med min 14-årsdag skuggade säkerhetspolisen mig dygnet runt. Jag började plockas in för förhör men delgav dem aldrig någonting omkring mina föräldrars och deras vänners förehavanden.

Jag fick i uppdrag att besöka andra fängslade aktivister och lämna böcker, mat, ciggaretter. Jag lärde in meningar med information som var avkodbart bara för den fängslade.

När jag var 17 år spelade jag fästmö till en äldre inflytelserik aktivist och med jämna mellanrum fick vi därigenom tillgång till ett speciellt besöksrum för att ha sex. Vi älskade medan jag viskade information rakt in i hans öra. Så gav jag min oskuld för saken. För mig var det inget offer då han var väl erfaren och kunde sina saker. Han gjorde mig till kvinna och jag njöt honom vid flera besök.

Det var dock en viktig politisk handling då det visade rörelsen hur långt jag var beredd att gå och att jag nu var mogen att klara större uppgifter. Därefter fter fick jag delta i de politiska planeringsmötena och befodrades till kassör då jag läste ekonomi på universitetsnivå, på det enda icke-segregerade universitetet.

När jag var 19 år sköts min mamma till döds under en fredlig demonstration där polisen utan förvarning plötsligt började skjuta skarpt för att skingra demon-strationen. När jag blev 21 år fängslades pappa. Han ställdes inför rätta för landsförräderi och samhällsomstörtande verksamhet. Allt som hittats under husrannsakningarna, varenda bok vi ägde, allt han sagt som ledare för frihets-rörelsen användes som vapen emot honom och han dömdes till livstids fängelse utan möjlighet till benådning. Jag besökte honom i fängelset var 14:e dag tills jag fick order att ta över ledarskapet och driva rörelsen ifrån utlandet. Rörelsen hade startats av pappa och mamma och ingen annan än en familjemedlem skulle kunna få rörelsen att sluta sig samman och slå in på en ny väg. Den väpnade kampens väg.

Jag och tre andra ledare smugglades över gränsen efter att ha genomkorsat en bergskedja. Jag gav i samråd med de andra, order om ta till vapen och med alla medel och till varje pris störta regeringen. Jag startade ett blodbad. Många av våra egna dog under striderna eller ställdes framför exekutionspatruller. Men likväl dog än fler militärer och poliser och vi vann mark.

Via en egen radiostation höll jag brandtal för folket i mitt hemland om att krig var enda vägen framåt och fler anslöt sig än som dog. Efter sex månader rappor-terades att min pappa skulle ha hängt sig i sin fängelsecell!? Varför skulle han hänga sig efter fyrtio års kamp när vi äntligen hade medvind och höll på att störta regeringen? Självklart avrättades han. Jag tror dock han dog helt förnöjd med vetskapen om att hans dotter fullföljde kampen och att vi höll på att vinna kriget.

Tre år efter krigsutbrottet vände sig flyktlandets regering och militär emot oss, stormade vårt läger, fängslade oss samt överlämnade oss till vårt hemland. Jag förvägrades advokat och fick inte heller föra min egen talan. En summarisk rättegång följde som inte varade mer än en timme.

Jag dömdes till livstids fängelse, precis som pappa. Det så kallade brottet jag fälldes för var samhällsomstörtande verksamhet. Dock satt jag bara av tre år innan "VI" intog huvudstaden och störtade regeringen. Jag befriades och bars genom gatorna fram till ett podie där jag hyllade och tackade alla som deltagit i kampen samt överlät förtjänsten för segern åt min pappa och mamma. Han startade rörelsen ihop med min mamma och ledde den i fyrtio år. Jag var bara det simpla verktyget som utropade kriget samt med eggande tal fick folk att ansluta sig till oss.

Ni förslavade oss. Ni piskade oss till döds. Ni lynchade oss. Ni brände oss levande. Ni sparkade och slog oss. Ni misshandlade och torterade oss. Ni slog oss i bojor och fängslade oss. Ni sköt och avrättade oss. Men vi är fortfarande kvar och vi är här för att stanna. Vi har bekrigat och besegrat er.

Nu är rollerna ombytta. Nu ar det ni som är beroende av vår nåd, vår barm-härtighet. Vi går in i en ny tid där vi behöver överväga vilket som är bästa sättet att få nationen att läka. Väldigt mycket hat finns kvar mellan segrarna och de be-segrade. Skadar det landet om vi avrättar de direkt skyldiga som med ytterst grovt övervåld hållit oss på mattan i hundratals år? Frågan är svår och inte okomp-licerad. Släpper vi dem fria kommer de för alltid att motarbeta oss och arbeta för en ny statskupp. Jag tror vi kommer fram till att hålla dem fängslade men ej avrätta dem så vi kan läka och bygga ett nytt, enat folk som inte längre behöver styras av hat. En helt ny nation på en frihetlig grund. En nation där frihet och fred för första gången är möjlig för alla medborgare, alla oskyldiga.

Själv kandiderar jag inte till presidentposten. Jag vill inte heller ha någon annan post. Jag vill dra mig undan och leva mitt liv på landet någonstans med min aktivist från fängelset och skriva, älska och läka ut mitt hat. Jag vet han kan föra mitt hjärta över den bottenfrusna vintern till sommaren och kärleken även om processen blir långvarig. Men jag vill bli en hel kvinna, en levande kvinna. Nu får andra ta över och forma den nya framtiden.

Jag har gjort mitt, gjort min del. Gjort det jag föddes till och fört kampen till sitt slut. Jag har axlat mitt arv och nu vill jag bli en varm, blodfull kvinna och lämna vidare ett arv som inte bygger på hat och hämnd. En fri människas arv.

Audiens kommer bara att beviljas mina vänner i frihetsrörelsen som numer utgör regeringen. För dem finns alltid en plats i mitt hem, mitt hjärta och i min själ. De är alltid mig. Jag är alltid dom.

Kan en rättrådig underordna sig kadaverlydnad?

Hur skall en rättrådig människa någonsin kunna underordna sig ett system, ett samhälle som inte bara kräver att varje order åtlyds utan begär kadaverlydnad?

Den rättrådige kan svårt tveka inför en order som otvivelaktigt kommer att kräva ett utsläckande av hans själ och alla hans sinnesförmögenheter. Han kan inse att han genom att åtlyda en order om att mörda en oskyldig individ även mördar allt vad han själv är och står för.

Han kan för en stund betänka det faktum att han vid orderbrott kan ställas inför krigsrätt och efter given dom bli skjuten som en galen hund alternativt att utan besöksrätt bli kastad i en cell för livet.

Han kan även inse att han kommer att bli utesluten ur sammanhanget och rentav hela samhället. Att hans släktingar och vänner kommer att djupt förakta honom samt kasta spe och bespotta honom.

Även kan han överväga det faktum att troligen kommer även hans barn och hans älskade hustru att offentligt ta avstånd ifrån honom och att han inte längre kommer att vara välkommen i sitt eget hem.

Men allt detta väger för honom lätt. Miste han så hela världens aktning och kärlek kan han likväl inte göra våld på vem han är, vad han står för och på hela sin själ. I motsats till alla de som i efterhand alltid skyller på att de bara lydde order när de begick fasansfulla brott, kan han inte tillgripa sådana ursäkter och därefter framleva sitt liv. Hans spegelbild skulle aldrig sluta att anklaga honom varje gång han skulle se den i ögat. Hans själ skulle torka ut och smärtsamt dö. Och han skulle vara blott ett kräk. För han själv skulle veta hur felaktigt handlande det skulle vara att lyda en omänsklig order. Och själv är alltid värsta domaren.

Valet var därmed lätt när ordern kom. Han avrättades för ordervägran tre dagar efteråt inför en stor publik på torget i staden. Alla såg honom som en förrädare och en opatriotisk människa. Alla han tvingades gå förbi fram till schavotten spottade och slog honom. Publiken jublade när huvudet föll, till och med hans fru och barn.

Men när bödeln stolt skulle framvisa skallen inför den jublande publiken tystnade hurraropen snabbt. Ty istället för det sedvanliga dödsförskräckta ansikte, som de halshuggna alltid uppvisade, så bar den nyligen avrättades ansikte ett högst förnöjt leende som sträckte sig ifrån öra till öra...

Sharia är paria!

Detta är en fiktiv politisk saga som saknar verklighetsförankring. Alla likheter med verkliga händelser är oavsiktliga och tillfälliga.

Så slog de ihjäl mina två tonåriga döttrar då de böjde sig ner, tog av sandalerna på stranden och därmed blottade sina fötter. Det fanns inga stenar på stranden så folkhopen sparkade och slog dom till döds.

De gick för långt. Vi kvinnor kunde inte längre ta det. Vi kastade våra Hijab, Burkor och Niqabs och befriade oss från bojor och ok. För Sharia är paria och 600-tal.

Vi knöt våra nävar, höjde dem mot skyn och skanderade omväxlande *We want Equality* och *My body, My Choice.*

De sände ut militär och polis för att tysta oss. De sköt mot våra ansikten, bröst och underliv. De ville förstöra och förgöra själva vår kvinnlighet. De skändade kvinnor och de dödade barn. Vi skrek: Detta är ett upplopp. Detta är en revolt. Vi låter oss icke tystas. Då slog de oss i bojor och fängslade oss. De torterade, våldtog och dömde även en del av oss till döden.

Men revolten fortsatte och spred sig över hela världen. Generalstrejker genomfördes. Demonstrationer verkställdes. Män anslöt sig till oss, strejkade, demonstrerade och arbetade för vår sak.

För Vi är floden som strömmar över världen. Vi är Tsunamin som reser sig som ett berg, slår ner, dränker och krossar våra motståndare. Vi är tidens våg som inte längre tolererar att kvinnofientliga trossatser från 600-talet,ska bestämma våra liv.

Vi slåss för alla kvinnors rätt att bära vilka kläder hon vill. Vi slåss för alla kvinnors frihet, liv och rättigheter. Vi slåss för alla de miljoner kvinnor över världen som lever under förtryck från religioner eller patriarkala strukturer med svårt inskränkt frihet. Å vi är starka, vi är många, vi är miljoner. Vi är alla som försvarar kvinnors jämlika och medborgerliga fri- och rättigheter. Vi är alla som vill se frilevande kvinnor. Vi är majoriteten och vi kan ej besegras.

Genom ett hål i taket

Ett hål i taket. Plötsligt strålar det in ljus i min livstids- eller kanske jag hellre borde kalla det min dödscell. Solsken som jag inte sett eller känt på länge. Jag ligger still och drömmer mig bort till bättre dagar. Tänker på far och mor, min hustru och mina barn. Men fastnar kring minnet av min "hjältedag".

Vi var partisaner. Vi höll oss i skog och berg. Vi slogs emot nazisterna. Vi var folkets armé. Folket gömde oss och gav oss mat. Vår taktik var att slå till blixtsnabbt. Skjuta av och sen tillbaka i skydd. En dag hade vi bestämt möte med andra partisangrupper. 170 man för att göra upp planer om nya anfall och mål.

Plötsligt hörde vi i fjärran truppförflyttningar och skickade ut två spejare. De kom tillbaka och rapporterade att nazisterna befann sig knappt 500 meter bort och förflyttade sig snabbt rakt mot vår mötesplats. Som ledare tog jag på mig ansvaret att förvilla dom så resten skulle hinna sätta sig i säkerhet. Jag reste mig och gick iväg för att möta dem. Min bäste vän och högra hand beslöt sig att göra mig sällskap.

Efter några minuter sprang vi rakt i nazisternas famn på ett sätt som gjorde att det föreföll som de överraskat oss. Vi bands och förhördes om våra kamrater. Vi visste självklart ingenting om dom utan hade bara varit ute för att rekognocera. De trodde oss inte. Efter ett flertal sparkar och slag med gevärskolvar beslöt de att avrätta oss. Vi ställdes upp framför exekutionspatrullen och hotades med att avrättas på stället om vi inte avslöjade partisangömstället. Så skedde också. Vi offrade oss för våra kamraters fortsatta kamp och dog där och då och begravdes i jord.

Jorden läker snart sitt sår efter nedgrävd kropp och efter en kortare tid fanns inga spår efter oss. Där låg jag i ro fram tills idag när taket rasade in över mitt lik så att solen sken mig i ögonen. Jag undrar hur det gick för partisanerna, mina kamrater? Frågan blir blott en tanke. Mer förmår inte döda. Förnöjd, somnar jag strax åter in. Denna gång för alltid.

Ett revolutionärt förhållande

Violetta kom till oss som 6-åring. Hennes föräldrar avrättades av militärjuntan utan rättegång och hennes släkt fruktade för hennes liv och sände bort henne. Vi blev genast oskiljaktiga. Vi gjorde allt ihop och tillbringade varje dag tillsammans. Redan som barn var Violetta vild och otämjd och hon blev aldrig kuvad, tämjd eller inriden. Hon var en helt igenom fri varelse.

Pappa och mamma ägde en avskild gård långt ute på landet. Vi sprang alltid runt nakna och sov i samma säng. Vi tog hand om varandra och levde som syskon. När hon fyllde 11 år så gav min moder Violetta en klänning och underbyxor och sa till henne att alltid bära dessa kläder då besökare mönstrade hennes kropp alltför närgånget. Jag tog också på mig kläder och vår barndom, våra nakna gemensamma nätter, om än ej vårt umgänge, tog slut.

Hennes kropp utvecklades alltmer och blev kurvigare, höfterna breddades och brösten alltmer yppiga. Hon blev kort sagt kvinna. Latinokvinna med häftigt temperament och en utsökt sensuell kvinnlighet.

Violetta hade ärvt sitt rebelliska sinne från sina föräldrar. Hon engagerade sig politiskt och jag följde henne. Hon ville revolution då hon ej trodde på den alltför långsamma parlamentarismens framsteg. Hon umgicks med äldre pojkar, män och kvinnor men hade inget som helst intresse för att ha sex med dem. Dock såg jag att både männen och kvinnorna klädde av henne med ögonen

När vi en dag gjorde utflykt och badade nakna tillsammans som när vi var små, sade Violetta: Du är en man nu och jag ser att du vill ha mig. Din kärlekspåle står högt. Jag kommer dock aldrig att älska med dig förrän du bevisat att du är lika mycket man som jag är kvinna. För jag är en enmanskvinna och kommer bara att älska en man och honom kommer jag att älska för livet. Ty som revolutionär så måste man äga moral i strid såväl som privat. Vara trogen såväl sin politiska tro som ens man. De två måste matcha varandra. När du visat dig värdig kommer jag att ta dig till min man.

Tre år senare fick jag chansen. Violetta var sjuk och låg nedbäddad hemma. Vid organisationsmötet informerades alla om en unik chans. Två höga generaler skulle övernatta hos en lokal potentat och vår sprängexpert hade förberett en bomb. Jag tog på mig uppdraget och sprängde både huset och generalerna i småbitar. När jag kom hem på natten berättade jag för Violetta.

Violetta sa: Jag har länge älskat dig och velat älska med dig. Men jag var tvungen att invänta dig. Du var tvungen att bli man för att kunna möta mig som jämnbördig. Nu är du man. Min man. Nu kan vi bli ett. Ett och samma. Våra själar kan sammanväxa och bli en. Två kött kan bli ett. En ideologi kan bli dubbelt så stark, underblåst av elden från vår gemensamma passion. Den följande natten blev det så.

47

En dag när jag var på jobbet kom gendarmerna. De ville veta var jag var då jag var misstänkt för sprängdådet. Hon vägrade berätta var jag var. De satte pistolen mot hennes hjärta men hon sa: Bara svin tjallar och min man älskar jag så ni får aldrig veta var han är. De sköt henne rakt i hjärtat. Döden var ögonblicklig.

På natten sprängde vi polisstationen. Violetta var hämnad. Violetta var djupt älskad och känd bland folket och när hon så skändligt och nesligt mördades blev hon martyr och själva symbolen för revolutionen. När hon begravdes kantades gatorna av 10 000-tals personer som skanderade *Violetta kan aldrig dö* och många bar plakat med hennes bild.

Efter mordet på Violetta hade vi inte längre några rekryteringsproblem. Folk anslöt sig i tusental och hade med sig personliga vapen när de kom. Vi fick också stöd med proviant och bönder och arbetare anmälde att de kunde gömma våra kämpar. Tio svåra år senare hade vi slutligen nedkämpat motståndet. Avgörande var att en av våra patruller attackerade ett möte mellan presidenten och hans generaler och dödade samtliga på plats.

Två år efter vår seger inkom en anmälan att det var jag som sprängde polis-stationen efter Violettas död och jag ställdes inför rätta och dömdes till döden genom hängning, efter ett vittnesmål från en våra egna vid den tiden. Mannen uteslöts direkt för såväl förräderi som på grund av stöld av vår revolutionskassa. Det fanns dock inget mina kamrater kunde göra åt min dom då vi hade fattat beslut om att domstolarna skulle vara helt oavhängiga utefter demokratiskt mönster.

Dagen för hängningen fördes jag till galgen och bödeln lade repet om min hals och drog åt snaran. Innan han hann dra i spaken och öppna golvet, så jag kunde falla ner med repet om halsen, knäcka nacken och strypas, hände dock något. Jag kände en snudd av varma läppar mot min kind och osynliga händer lösgjorde snaran så när golvet öppnades under mig föll jag bara ner till marken under galgställningen. Då lagen sade att den som överlevt en av statsbödeln utförd hängning skulle komma undan med livet och släppas fri. Så fortsatte jag leva som en fri man i 40 år till och inneha plats i revolutionsregeringen. Jag gifte dock aldrig om mig och hade heller aldrig mer en kvinna, Jag var en enkvinnas man och levde därefter.

Jag begravdes intill Violetta och så fort graven stängdes kände jag mina nerv-trådar komma till liv, expandera, sträcka sig emot Violettas grav och kropp och jag kände att de snuddade vid, mötte andra nervtrådar och flätades ihop med dessa. Ty så vinner aldrig döden. Sann kärlek lever för alltid, precis som legender!

Jag tycker inte om trohet därför att den är vacker, men därför att den är
nödvändig. Den som bedrar en människa dödar henne långsamt. Stig Dagerman

7 kvadratmeter liv

Hur värderar man egentligen en människas liv och fastställer dess värde?

Att mäta ut ett liv låter sig inte göras, säger du. Mitt liv består av en cell på 3,5 x 2 meter och dessa meter är allt liv jag äger. 7 kvadrameter liv. Så har mitt liv ändå ett värde. Mitt liv har åsatts ett värde. Jag är värd exakt 7 kvadratmeters livsrum. Detta mått är det enda som existerar som kan gradera mitt liv. En burfågels värld är inte större. Är 7 kvadratmeter nog liv för att överleva? Nej, det är det inte men det är inte så att jag har ett val längre eller en möjlighet att förändra mina livsvillkor. Jag är satt här för livet. Jag kommer att leva men även dö här på mina sju kvadratmeter.

Mitt boende kan jämföras med guldfiskens. Vi har varsin cell som är proportionellt jämförliga. Dock med den skillnaden att gudfiskens cell består av idel fönster i vilka han kan blicka ut över världen medan min cell är fönsterlös. Guldfisken har dävid bättre levnadsvillkor än jag har. Det enda jag nånsin ser är min fångvaktares sura nuna när han kommer med mat och dryck.

I övrigt är min cell minimalistiskt, för att inte säga spartanskt inredd. Inte på grund av val utan av tvång. Rummet består av handfat, toalett, ett bord för bokstapling samt en sång. Äta och skriva får jag förträdesvis göra i sängen då bordet inte ger plats nog. Inga motionsövningar förekommer i sängen då jag har permanent besöksförbud. Därvid har jag heller inte tilldelats någon extra stol.

En bunkerlik insläppsventil är den sista inredningsdetaljen. 8 cm hög och 20 cm bred med utstansade hål i en rostig metallskiva. En fräck liten detalj.

Vore det då inte bättre att bara ta mitt liv? Att avrätta istället för att döma mig till livstids ovillkorligt fängelse? Kan det inte utgöra tortyr att hålla en människa levande bara för att han ska dö till slut? Vilket är värst? Att jag tog ett liv och att en människa snabbt dog utan plågor eller att som staten straffa en med att låsa in en för alltid tills man äntligen förmår dö av ålderdomssvaghet? För mig verkar mitt sätt att döda en person vara betydligt mer barmhärtigt än den långsamma och utdragna död, 7 kvadratmer död, staten dömt mig till. Vad tycker du?

Du kan inte döda ett folks längtan eller dröm om frihet

De satte upp kameror, övervakade och avlyssnade alla dygnet runt. De såg och hörde allt vi gjorde i hemmen, i parkerna, i stad och på torg, på arbetsplatser och i varuhus. De tog precis all frihet, privatliv och integritet ifrån oss. Men det räckte inte. Du kan inte döda ett folks längtan eller dröm om frihet.

Då slog de oss i järn och de satte oss i fängsel. Men de förmådde inte tygla oss. De slog oss alltmer och hårdare. Fler och fler torterades. Till slut började de skjuta av oss.

Men vad de än utsatte oss för, knäckte de oss aldrig. För varje dag blev vi istället fler och fler som gjorde uppror tills de gav upp och avgick. För all dyr utrustning till trots, övervaka och stäcka oss hjälpte dem föga. Ty en sak hade de inte förstått. *De kunde inte avlyssna ens tanke. Du kan inte släcka en dröm...* Å tänkte och drömde gjorde vi, medan de såg och lyssnade på oss. Vi tänkte och drömde mycket...

Jag är en av de många icke skyddsvärda, de obehövliga

Artikeln är en fiktiv berättelse som utgör en sammanställning/sammanslagning av ett flertals västländers behandling av sina medborgare och invandrare. Alla likheter med ett specifikt land är tillfälliga och oavsiktliga.

Jag är en av alla dessa som lever under samhället. Jag lever i skuggsamhället. I skuggan av samhället.

Vi är många, många fler än du tror och för varje år blir vi fler. Vi är alla de färgade, vi är araberna och muslimerna och därutöver också romerna och de pappers- eller hemlösa. Vi är alla de som utförsäkrats från sjukpenning och arbetslöshetsersättning. Vi är de som inte beviljades asyl trots uppenbara skyddsskäl. Vi är de som tvingades rymma när domstolarna inte visat hänsyn till att vi riskerade livstids fängelse, tortyr eller avrättning om vi skickades tillbaka. Vi är de obehövliga. De som anses icke skyddsvärda.

Vi har inte någon möjlighet att skaffa oss ett arbete då inga arbeten existerar för oss. En del av oss är på flykt, för andra är arbetena helt enkelt inte tillgängliga på grund av hudfärg eller på grund av våra utlandsklingande namn. Skickar vi in jobbansökningar blir vi aldrig kallade till intervjuer. Byter vi namn och skaffar oss mer nationaliserade namn, synas bluffen vid arbetsintervjuerna. Vi må ha nationellt namn men vi har ju fortfarande inte rätt hudfärg...

Det finns dock vissa smärre fördelar. Vi behöver inte sträva efter någonting mer då vi ändå aldrig kan uppnå något. Den enda gång vi icke skyddsvärda uppmärksammas är då Polisen kontrollerar oss. Polisen stannar oss närmast dagligen på gator och torg. De kan utan några som helst misstankar genomsöka våra fordon, våra väskor och kassar, våra kroppar och kläder samt våra bostäder. För vi lever under lag och samhälle. För oss gäller inte lagarna. Ingen för vår talan eller försvarar våra rättigheter. Vi är ju de icke skyddsvärda...

Och, jag själv då? Varför får inte jag några arbeten? Jag påstods tillhöra ett kriminellt gäng efter att jag slog ner en person på krogen. En person som med våld stack ner hela sin hand i trosorna på min kvinna. Det enda som behövdes var att en polis vittnade om min tillhörighet, så fick jag dubbelt straff på grund av gängtillhörighet. Vad jag och min advokat sade spelade ingen som helst roll.

Jag fick så en skugga att äga. Det var någon annans skugga. Det var inte min silhuett den visade. Dock kommer den att följa mig genom hela livet. För det går inte att fly från sin skugga oavsett om den är min att äga eller någon annans. Den bor hos mig nu. Även en som lever i skuggan av samhället kan ha en skugga...

Först tog de mitt ord sen stal de mitt tal och stympade mig! Men de lyckades inte tysta mig

Jag är politisk dissident. Jag skriver artiklar och böcker som uppmanar till motstånd mot militärdiktaturen i mitt land. Regimens säkerhetstjänst plockade in mig, förhörde mig brutalt, hotade mig till livet och lovade att de skulle tysta mig om jag inte själv slutade motarbeta dom. Jag slutade inte göra motstånd.

En morgon ringde de på dörren. När jag öppnade fick jag en spark i magen och sen släpade de mig till köksbordet. De högg utan ett ord av min bästa hand,

51

högern, för att därefter lämna mig. Jag började genast träna upp vänsterhanden och skrev efter ett par månader hyfsat med handen. Då tog de min vänstra hand. De tog min skrift, mitt ord ifrån mig. Men, jag slutade inte göra motstånd.

Jag började istället att via datorn spela in tal, att med min röst uppmana till generalstrejker, demonstrationer och aktioner mot regimen. Då kom de för tredje gången till mitt hem. De tog min röst, mitt tal när de skar av min tunga. Men, jag slutade inte göra motstånd.

Jag tvingades tillägna mig en helt ny teknik för att göra mig hörd. Jag tränade upp min högra fot och skrev texter med fot och penna. Det gick någon månad så fick jag återigen hembesök. De högg brutalt av inte bara mina fötter utan även mina ben ända upp vid ljumsken så jag omöjligt kunde ha proteser. Vad skulle jag nu göra för att kunna fortsätta skriva och/eller tala?

Min assistent letade energiskt upp en video där en man med hjälp av dator och en skärm med alfabetet, via ögonen kunde klicka på bokstäver och därigenom skriva.

Jag insåg dock att nästa gång skulle de ta mina ögon för att för alltid sätta stopp för all form av kommunikation med omvärlden. Tysta mig för gott och lämna mig i ett totalt mörker och i ett socialt tomrum.

Jag måste flytta till ett annat land där de ej kunde stjäla mina ögon. Min assistent hjälpte mig att flytta, ta kontakt med företaget som tillverkade ett datorpaket med kommunikationslösning och vi satte upp högkvarteret i ett fritt land. Jag skrev ånyo artiklar och böcker. Med tillägg av ett specialprogram med en datorskapad röst kunde jag även läsa upp vad jag skrev med hjälp av det klickbara alfabetet.

De stympade mig således stegvis. De tog mina händer, mitt ord, De tog min tunga, mitt tal. De tog mina ben men de tystade mig likväl aldrig. För det finns alltid ett extra vapen för att få ut sitt budskap, så länge man aldrig ger upp!

Jag sökte en rättrådig människa

Redan som mycket ung började jag söka den rättrådiga människan. Jag började i domstolarna och sökte ibland domare, advokater och åklagare men fann ingen rättrådighet där. Jag fortsatte till parlamentet och samtalade och studerade alla ledamöterna. Men jag fann ingen rättrådig där.

Jag tänkte mig att inom religionen finna en rättrådig men trots långa sök fann jag inte inom någon religion en enda ärlig, rättvis, hederlig och rättrådig människa. Jag sökte mig ut över världen. Korsade haven och genomsökte öknarna men jag fann ingen rättrådig människa. Jag sökte över landen, i städerna och byarna samt i ödemarken. Ty den som söker kan aldrig ha fördomar. För en rättrådig kan finnas överallt och ingenstans. I den djupaste slum och misär eller i palats och slott.

Jag fann aldrig någon rättrådig och jag började bli gammal. Var då mittt liv förfelat och mitt sökande förgängligt? Nej, för sökte jag hela mitt liv och ingenting fann var livet ändå icke bortkastat. För att söka det rätta är sin egen belöning. Att ha försökt och gjort sitt yttersta är nog. Bättre söka och inget finna än att aldrig ha försökt.

Till slut lämnade jag människorna och gick ut ur stan, vandrade långt ut i vildmarken där ingen människa levde och fann en grotta. I grottan var grytor, tallrikar, muggar, bestick, mat, vin och vatten. Jag fann en stor sovplats med pälsar och en eldstad att göra upp eld och tillaga mat. Efter någon timme kom en kvinna till grottan med två harar över axeln, ett koger på ryggen och en pilbåge i handen. Hon var överjordiskt vacker, barfota, iklädd endast en röd kaftan med uråldriga tecken och symboler broderade i guld och silver över bröstet.

Hon betraktade mig sakta och ingående. När hon sett vad hon behövde önskade hon mig välkommen till sitt läger. Hon tog en vattensäck i läder, hällde upp vin i var sin mugg och bjöd mig att dricka. Hon bad mig berätta min livsresa och jag förtäljde henne om mitt långa sök efter rättrådighet och att jag aldrig funnit den. Hon satt tyst och begrundade historien och talade sedan: En rättrådig människa kan endast den bli som söker rättrådigheten genom hela sitt liv utan att finna den.

Hon fortsatte: Låt oss ta med oss vin och mat till vårt läger. Låt oss nakna oss inför varandra, hålla fast varandras blick, ta in varandras själar och de sällsamma ord som bara nakna, älskande, rättrådiga någonsin kan förnimma. Ord som aldrig talas utan endast kan osagda och tysta färdas mellan rättrådiga själar. Låt oss därefter bjuda varandra våra ohöljda kroppar och som en gåva visa varandra våra blottade själar. Älska oändligt långsamt, varsamt och länge, famnande varandra såsom havet famnar himlen tills vi når extasen och försvinner bort.

Morgonen efter väckte kvinnan mig och sade: Jag har väntat på dig så länge. Genom att älska med kvinnan, hennes kropp såväl som själ. Genom att ge oändligt mycket mer än du tog. Genom att vörda hennes hela väsen och sätta hennes vällust framför din egen har du bestått det sista och yttersta provet på rättrådighet och uppfyllt ditt sökande.

Du fann rättrådigheten inom dig själv. Det enda stället du kunde finna den. Ty bara genom att söka hela sitt liv, träda ut i vildmarken och leva ensam i naturen kunde du finna mig och genomgå provet. Flera män har kommit till mig genom åren men ingen har klarat det yttersta provet att vördsamt älska en kvinna och sätta hennes behov i första rummet. Så har rättrådigheten nått jämvikt och jämlikhet och vi ska leva här som rättrådig kvinna och man och vörda, ära och älska varandra. *Vi är för varandra.*

Sagan om det ruttna äpplet

One Bad Apple don't spoil the whole darn bunch, Oh I don't care what they say, I don't care what you've heard. Utdrag från låten One bad apple av The Osmonds

Det var en gång tre män som skulle till marknaden. Den första mannen kom fram till en säck med äpplen som fallit av en vagn och rullat ner i mjukt gräs. Mannen tog upp ett äpple, tog ett stort bett och svor högt och ljudligt över äpplets dåliga kvalité. Mannen kastade äpplet och gick vidare. Ett kort stycke bakom gick en annan man som hörde den första mannens svordom. När han passerade säcken med äpplen kastade han en blick på det kastade äpplet. Frynte på näsan och gick vidare.

Ytterligare ett stycke bakom gick en tredje man. Han hade både hört och sett de två första männens reaktioner. När han kom fram till säcken med äpplen reste han säcken, tog en titt på de många, röda och saftiga äpplena i säcken varpå han lyfte upp säcken på axeln och traskade vidare till marknaden.

Mannen ställde sig strax utanför marknadsområdet och började sälja äpplena. Försäljningen gick som smort och snart hade han bara två stycken äpplen kvar när han såg att de två vandrarna som tidigare ratat äpplena, närmade sig honom. Han plockade upp de två sista äpplena och överräckte var sitt äpple till de två männen. Han bad dem smaka och bägge berömde den goda och saftiga smaken.

"Försäljaren" berättade för de båda männen att det var äpplena ur den säcken de ratat längs vägen till marknaden och visade dem den stora förtjänsten han gjort på försäljningen. Fulla av grämelse vandrade de två, tysta och dämpade männen bort från "försäljaren".

Vad kan vi då lära oss av denna sagan? Jo, att aldrig låta ett eller ett fåtal "dåliga" äpplen ligga till grund för en bedömning av en hel grupps kvalité.

Och, vad är då sensmoralen med berättelsen? Jo, att alla grupper och kollektiv är som säcken med äpplen. Ett mindre antal "dåliga" äpplen kan förekomma men det innebär aldrig att hela gruppen av äpplen är dålig. "Dåliga" äpplen utgörs i detta sammanhang av enskilda individer och deras personliga handlingar, vilka aldrig kan läggas till grund för att döma ut ett helt kollektiv som onda eller kriminella! Och med kollektiv innefattar jag olika religioners utövare, ett folk, en ras, en sexuell läggning, ett kön. Ja, kort sagt vilken grupp av människor som helst vilka aldrig kan eller ska bedömas utefter vad en eller några av gruppens individer gör. Dåliga äpplen finns överallt men det medför aldrig att hela säcken av enskilda äpplen är dåliga och ruttna.

Gömda, fördömda och glömda

De kom om natten och bankade på våra dörrar som polis och militär alltid gör i totalitära stater. De förde oss från olika ställen till ett fängelse. Vi var landets kulturella elit och vi var alla kritiska mot landets system. Vi var en av var författare, konstnär, journalist, regissör, dramatiker, manusförfattare, fotograf och en var kombinerad musiker och textförfattare. Vi kallades in till fängelse-direktören där inrikesministern väntade. Han informerade oss om att det fattats beslut om att förvisa oss på livstid. Vi skulle föras till en inhägnad skogsfastighet där vi skulle tillbringa resten av våra liv utan någon form av kontakt med yttervärlden och utan förmåga att någonsin mer kunna kontakta yttervärlden. Fastigheten var dessutom belägen många mil från all bebyggelse, åt alla håll.

Vi fick vidare information om att alla våra tidigare verk förbjudits och skulle beslagtas och brännas. Vi skulle vidare raderas helt från alla skrifter och tidnings-arkiv m.m. Vi skulle helt enkelt inte längre finnas till och vi skulle heller aldrig ha funnits till när allt var raderat. Ingen skulle heller få någon som helst information om var vi fanns eller om vi levde.

Vi flögs långt bort, okänt var. Alla flygfönstren var förtäckta. Vi möttes av en van där vi fick sätta oss där bak och återigen var fönstren täckta. Vi transporterades till en stort hus i ett plan och så snart vi kommit innanför stängslet stängdes den fjärde sidan av stängslet till. Stängslet var 10 meter högt med högspänningsström.

Vi gick in och valde varsitt rum. Rummen var rymliga och till varje rum tillhörde ett badrum med badkar. Vardagsrummet stort och köket frikostigt. En enorm eldstad och en lada bredvid boningshuset innehöll torkad, kluven ved för cirka 10 år framåt.

Varje vecka kom en helikopter och sänkte ner ett stort paket med förnödenheter för oss att haka av. Paketet innehöll förstklassig mat, vin, andra drycker och cigaretter, allt i mycket riklig mån. Det fanns inte heller någon brist på arbetsmaterial. Vi hade tillgång till papper, pennor, skrivmaskiner, stafflier, färg, penslar, kameror och film samt mörkrum och var det något vi saknade så var det bara att skicka upp en lapp med vajern samband med leveransen av veckans paket. Umgänget var också suveränt. Vi hade väldigt mycket gemensamt, konstnärer som vi var alla. Vi kunde stimulera varandra, inspirera varandra och ge varandra nya idéer utefter våra horisonter och perspektiv. Våra diskussioner var synnerligen givande och tllsammans löste vi många olika former av komplicerade problem.

Vi kunde således fortsätta våra tidigare arbeten som om ingenting alls hade hänt. Det fattades oss ingenting mer än frihet och möjlighet att få ut våra arbeten till allmänheten och folket. Givetvis hade det första vi gjort varit att undersöka fastigheten och granska om det fanns några möjligheter att ta sig ut och fly. Vi var alla överens att flykt inte var möjlig. Vi accepterade därefter förhållandet och levde utefter förutsättningarna.

Frågan vi alla ställde på sin spets var: Vad var det viktigaste med våra arbeten? Var det själva berömmelsen eller kändisskapet? Var det att lämna något efter sig och sätta spår? Var det själva tillfredställelsen i vårt arbete, vårt skapande? Eller var det vad arbetet åstadkom, möjligheten att förändra olika skeenden, förändra världen?

För min del var arbetet, författandet i sig belöning nog. Det finns en oerhörd njutning i själva processen. Att se verket långsamt ta form och bilda den enhet jag eftersträvat. Arbetsglädjen, sammanfattningsvis kallat. Men var det nog? Vi visste att våra skapelser inte längre skulle komma att påverka alls längre. Då vi inte fanns. Vi existerade helt enkelt bara här och nu i ett vacuum. Ingen skulle komma att se eller höra våra verk mer än vi själva. Vi kunde helt bortse från vår tidigare drivkraft, vårt arbetsmotiv att förändra världen till det bättre. Vi var gömda, fördömda och glömda. Inte bara idag utan för all framtid. Kunde vi leva med att bara arbeta för vår egen del? Kunde vi ställa om vår drivkraft till att avse bara vår egen förnöjdhet? Var skapandet nog i längden eller skulle vi komma att förtvina och tyna bort? I skrivande stund vet vi ännu inte svaret då vi inte påverkats av vårt öde fullt ut än. Men kan en skapande kraft fungera och upprätthållas om vi vet att arbetet aldrig kan nå ut? Är arbetet, skapandet av konstnärliga verk i sig nog?

Var det en akt av grövsta landsförräderi eller av lojaltiet och solidaritet?

Jag heter Ernesto och min bästa vän under uppväxten hette Paolo. Vi var två pojkar som bodde grannar under hela vår barn- och ungdom. Vi lekte hela dagarna som små och när vi blev äldre så fortsatte vi göra allt tillsammans. Under hela skoltiden gjorde vi läxor, tränade fotboll och tillbringade fritiden ihop. Vi hjälpte varandra med alla problem och det fanns inget vi inte kunde prata om trots att min familj var rik och Paolos var fattig. Vi var närmare varandra än någonsin bröder och vi hade tveklöst offrat livet för varandra.

När vi var 16 förälskade vi oss båda i Conchita som blev förtjust i vår uppmärksamhet men vägrade välja. Istället hängde hon alltid med oss båda. När jag var 18 splittrades vi då jag skickades iväg till militärskola. Vi bestämde att jag skulle gå färdigt min 4-åriga utbildning och sen skulle jag återvända. Men mycket händer under fyra år när man är ung. Vi skrev till varandra men breven kom nästan aldrig fram tack vare en helt opålitlig postservice i landet. Därav blev det längre och längre uppehåll mellan breven som vi delvis inte heller förstod på grund av att uteblivna brev innehållit sammanhang som kommit bort. När jag var färdig med min utbildning kommenderades jag att anta krigsuppdrag i utlandet under mer än 10 år. När jag kom tillbaka till hembyn hade Paolos föräldrar avlidit och ingen visste var varken Paolo eller Cochita blivit av.

Jag gick vidare i armén och blev överste som 35-åring. Mitt uppdrag var att eftersöka Hidalgo, en rebelledare som gäckat landet under flera år. Hans grupp förberedde gerillakrig och slog till mot arméns vapentransporter och tillskansade sig vapen. De rånade också banker för att få mat och pengar till att bygga upp en framtida gerillarörelse. Jag skulle uppsöka honom och utplåna dem efter att ha lagt beslag på pengar och vapen.

Då Hidalgo hade folket bakom sig så var det helt omöjligt att få information om honom från folket. Under flera år åkte vi runt och letade på ställen som han enligt rykten och militär information skulle befinna sig. Men infon stämmde aldrig. Det var som att leta efter ett spöke.

En dag körde vi av en ren tillfällighet in i en landsortsby där det just pågick ett bankrån. Vi såg ryggen på gruppen när de flydde upp i bergen och vi satte av i språngmarsch efter dem. Vi klättrade högre och högre upp och gruppen befann sig hela tiden precis utanför skotthåll, men precis så nära att vi kunde följa och se dem. Till slut kom vi till en bergsplatå där de sju männen i gruppen tog skydd bakom stenar och besköt oss. Vi insåg snabbt att de bara hade pistoler och vanliga gevär med sig. Troligen för att de lokala bankanställda inte erbjöd någon match, då de ej var beredda att offra livet för bankens pengar, och förmodligen stödde de också Hidalgo och hans män.

Vi var alla beväpnade med automatgevär och var eldmässigt överlägsna och efter cirka 15 minuters eldstrid så var alla männen döda utom Hidalgo. Hidalgo viftade med en vit flagga och jag beordrade honom att resa sig upp och slänga sitt vapen. Så skedde och med dragna vapen marscherade vi upp och fram till honom.

Jag bad honom ta av hatten och fick en chock. Hidalgo var ingen mindre än min barn- och ungdomsvän Paolo. Jag lyckades hålla masken och så gjorde även Paolo. Vi granskade varandra noga men förrådde inte med en min att vi igenkände varandra. Jag beordarde mina män att bakbinda honom och sätta honom invid en sten.

Under tiden tog vi fram proviant och började äta det torkade köttet vi alltid bar med oss i vår ränsel. Jag satte mig framför Hidalgo och bytte ut repen mot handklovar vars ena ände jag fäste om en gren på ett träd brevid honom. Jag band repet om fötterna istället. På så sätt kunde jag ge även Hidalgo mat och dryck som han fick inta med sin fria hand. Jag frågade ut honom om gruppens vapen och pengar och han svarade mig att han aldrig skulle berätta var de fanns. Jag såg mig försiktigt omkring. Vi var 10 stycken inklusive mig själv och alla utom jag hade satt sina vapnen mot stenar eller lagt dem på marken. Jag kalkylerade möjligheterna och riskerna och sen handlade jag. Jag fattade mitt maskingevär och vände det mot mina egna. Innan någon hann förstå vad som hände hade jag dödat hälften och de resterande sköt jag medan de kastade sig mot sina vapen.

Jag befriade Paolo och vi omfamnade varandra länge. Jag slängde min uniformsjacka och Paolo sa: Följ mig så ska jag visa dig mitt hem i bergen. Vi kom till en enorm markväxt som han böjde undan och visade på en grottöppning. Vi gick in och följde tunneln som mynnade ut i en stor grotta. Det brann en eld och på en ställning snurrade en djurkropp runt och grillades. Ute på en platå lekte en fantastiskt vacker kvinna med ett barn. Vi gick ut och tittade uppåt. Bergets utväxt täckte hela platån. Ingen kunde se uppifrån att här var en platå med friskt gräs och en grottöppning.

Paolo tog mig fram till den undersköna kvinnan och sa: Kommer du ihåg Ernesto, Conchita? Hon studerade mig och sen gav hon mig en väldigt varm kram och kysste mig på kinden. Paolo fortsatte och presenterade mig för den tvååriga pojken Pablo. Conchita tog fram en vinsäck och vi drack oss otörstiga och smått rusiga. Pablo kröp upp i mitt knä och satte sig tillrätta och somnade kort därefter.

Paolo och Conchita tittade högst förundrade på varandra innan de samtidigt berättade att Pablo aldrig krupit upp i knäet hos någon. Han drog sig undan alla nya människor och det brukade ta månader innan han ens vågade se dem i ögonen. - Helt otroligt att han känner sådant förtroende för dig direkt.

Paolo vände sig en stund senare till mig och sa. Både du och jag har älskat och åtrått Conchita sedan första gången vi såg henne. Jag vill nu tacka dig för att du räddat mitt liv genom att erbjuda dig en natt med Conchita. Förutsatt att hon själv vill, så klart. Det är den största gåvan jag kan ge dig. Conchita tittade länge på oss bägge innan hon tog till orda: När vi var unga kunde jag aldrig välja mellan er båda. Jag älskade er bägge två och ni hade goda och dåliga egenskaper båda. När du åkte iväg för att bli militär så valde jag att vänta med beslutet om vem jag skulle leva med tills du skulle komma hem om 4 år. När vi fick reda på att du kommenderats till en lång militärtjänst utomlands orkade jag inte vänta längre utan jag gifte mig med Paolo och har älskat och varit honom trogen sedan dess. Jag går med på gåvan så jag framöver slipper att tänka på alternativet hur det skulle varit om jag då valt annorlunda. En natt med passion och sen är jag återigen din för alltid, Paolo, och kommer att älska och vara dig trogen för livet.

Då lämnar jag er nu och kommer tillbaka klockan 10 imorgon förmiddag. Då ska jag informera Ernesto om vår gerilla, våra vapenförråd, våra penningstillgångar och vår strategi framöver. Du kommer självklart att leda våra trupper i strid och besluta samt verkställa vår krigsstrategi. Om sådant kan du mycket mer än vi andra. Mer om det imorgon.

Den natten älskade jag och Conchito. Jag var tacksam för denna yttersta gåva och visste vad jag förlorat men också att jag aldrig mer skulle åtrå henne. Det var denna natten och inget mer. Min lojalitet till Paolo var för livet.

Paolo informerade mig om ihopsamlingen av proviant, pengar och vapen, hur många människor som var anslutna till gerillan och var de olika grupperna befann sig samt om hur stora förråden var samt var de fanns. Han sa att du kom till oss vid en perfekt tidpunkt. Vi har nu allt vi behöver för att gå in i nästa fas. Rekrytering av fler stridande och upplägg över krigsstrategin som skulle bli mitt bord utöver den direkta träningen för att göra nya rekryter stridsdugliga.

Sju är senare när vi höll på att vinna kriget och stod bara 10 mil från huvudstaden så tog jag och Paolo vår dagliga promenad tillsammans. Plötsligt får vi syn på två män som med våld försöker riva av en kvinna hennes kläder. Vi tar självklart genast upp kampen men precis när vi slagit ner männen så omringas vi av 15 k-pistbeväpnade soldater. Vi hade gått i en fälla. Den halvklädda kvinnan hånflinade åt oss medan soldaterna förde iväg oss. I en summarisk rättegång dömdes vi till att avrättas av en exekutionspatrull. På vägen till avrättningen frågade Paolo mig: Ångrar du nu att du en gång räddade livet på mig? Jag tittade på honom, log och svarade. De sista sju åren har varit de bästa i hela mitt liv. Så jag ångrar ingenting.

Vi ställde upp oss framför patrullen. Vi vägrade att vända ryggen till liksom att ha ögonbindel. Vi såg soldaterna rakt in i ögonen och sa: Skjut nu, era förbannade fegisar...

Frågorna man osökt ställer sig är: Var Ernestos avrättning av soldaterna landsförräderi eller en fråga om lojaliet och solidaritet med sin bästa vän? Skulle du vara beredd att förstöra din framgångsrika karriär och riskera ditt liv för att rädda en vän som blivit fredlös?

Kan en kastlös förkastas?

Jag föddes fördömd. Jag var kastlös, en varelse helt utan värde och därutöver kvinna. Jag stod längst ner i hålet. Det fanns inget ljus i livet nere i hålan. Det kunde inte heller bli bättre i detta livet. Det kunde bara bli värre. Så det var värre jag hade att se fram emot...

Jag tillhör daliterna, de oberörbara, de orena och kastlösa. Jag hänvisades redan som barn att gå runt med en speciell korg för att med bara händerna samla och rensa de högre ståndens avföringshål. För detta arbete får jag aldrig någon lön. Ibland kastar de någon matrest eller avlagda kläder på marken till mig. Det gör de innan jag kommer, för jag får aldrig bli sedd av det fina folket. Min man sopar gator och får behålla döda råttor att grilla på kvällen, som hans enda lön.

Varför försöker ni inte få bättre jobb? Utöver att rensa avföringshål och sopa gator kan vi kastlösa bara arbeta med läder eller kremera och bränna människokroppar. Vi har inte tillgång till utbildning eller andra jobb. Så vi föds till våra arbeten. Vi lär oss och övertar våra föräldrars arbete. Mark och bostad får vi inte heller tillgång till så vi får hitta en så pass förgiftad mark att ingen vill göra anspråk på och samla plåt, plankor och skrot för att bygga oss ett slumskjul. Vi får ju aldrig under våra liv några pengar i vår hand så vad annat ska en kastlös göra?

Jag trodde dock inte att jag skulle kunna få det sämre. Fel, hade jag. En dag kom jag till en rik, vit köpman för att rensa avföringshålet. Just idag var han magsjuk och gick därför långt innan gryningen till avföringshålet för att göra sina behov.

60

Olyckligtvis befann jag mig där och han såg mig därför vilket var oförlåtligt. Han rasade mot mig, slet sönder kläderna och våldtog mig brutalt.

Svårt sargad och blödande hasade jag mig hem. En kastlös har inga rättigheter så att anmäla saken fanns inte. När jag kom hem berättade jag för mannen som svor, slog mig och var nära att kasta ut mig. Han sansade sig dock och vi kom överens om att tiga om saken. När barnet kom var det dock vitt!

Min man kastade ut mig och tog med våld barnet ifrån mig. Vad han gjorde med barnet vet jag inte men troligtvis slog han ihjäl och begravde barnet i hemlighet. Jag irrade omkring tills jag fann en mindre å invid en landsväg. Där grävde jag ut en jordkoja och inrättade mig. Varje dag gick jag närmast naken upp till landsvägen för att hitta kunder. Jag sålde min kropp för bröd. Jag hade inget val. Det fanns inga arbeten att få för mig varför jag salubjöd den enda tillgång jag ägde, min kropp. För hur oberörbar och oren jag än är som kastlös så kan män ändå ha sex med mig. Ett kön är alltid ett kön för många och tydligen är könet hos en människa kastlöst då det går bra att nyttja om än du icke kan fördra själva varelsen. Jag lever således på människors hyckleri. Men jag överlever och det är allt som en kastlös någonsin kan hoppas på. För livet är inte större för en kastlös.

Varg till Jägarna: Människorna är det onda! Vi är det vilda!

Jag är Varg. Jag dödar för mat, hunger, för flockens överlevnad och för att hålla svälten från dörren. Jag regerar över slätter, skog och vildmark. Jag tar björn, älg, hjort, rådjur, vildsvin och något får. Vi jagar i flock och vi kan följa bytet närmast för alltid när vi fått vittring. När vi tröttat ut viltet låser jag mina käftar runt halsen och hänger fast. Då är viltet dött, fast det vet det inte ännu.

Jag reglerar naturen. Håller nere viltstammarna. När det finns mycket vilt så föds fler vargar, så upprätthåller naturen balansen om den får arbeta i fred. När viltet minskar dör vi undan igen, föder fram mindre kullar. Människorna förstår inte det. De vill jaga varg för hat, för ära och trofé. Men då kan vi inte reglera naturen och då blir det trafikolyckor och skador på träd, mark och natur. Vi är naturens renhållare och måste få växa utan att människan lägger sig i.

Vi känner vittring av människan på långa avstånd. Vi skyr dem och går undan. Varför skulle vi inte? Vi dödar inte människor. Vi äter inte människokött. De är inget byte. Vi äter inte heller jakthundar. De är heller inget byte. Men när människor sänder ut jakthundar emot oss tvingas vi ta bort dem då de försöker ställa och hålla oss tills jägarna kommer och tar våra liv. Hundar är ingen match för oss. Det tama kan aldrig rå på det vilda. Vi greppar dem om halsen och kastar i väg dem eller krossar deras struphuvud med våra käftar. Vi försvarar oss och dödar för att komma undan med våra liv.

Människan är ond. Dödar för dödandet skull, för nöjes skull, för de kan. Människan lider av xenofobi, rädslan för det okända. Är det inte vargar är det invandrare, färgade människor eller personer med andra religioner, sexuella läggningar eller livsstilar m.m. Så gör aldrig vi. Vi hatar aldrig och vi dödar endast för flocken, hunger och mat.

Vi är vilda men vi är inte odjur. Människan är det enda djur som dödar för hat och nöjes skull. Människan är det onda. Vi är det vilda. Det är skillnad.

Varför tåla de så illa de vilda fåglarnas flykt?

Utgångspunkt för nedanstående text är ett citat från den finlandssvenska poeten Elmer Diktonius som samtidigt bildar rubriken nedan för artikeln:

"Blott tama fåglar längtar – Vilda fåglar flyger!"

Frihetsälskande folk och personer har genom alla tider varit förföljda, bannlysta och utstötta. De har inte förföljts för att de varit kriminella och begått brott. De har kriminaliserats för att de varit fria, frilevande.

För fria individer och grupper är farliga och hotar själva samhällets bestående. Ty frihetskärlek har krossat imperium, betvingat diktaturer och vunnit världskrig. Vinner den rot kan inget den besegra. Vare sig kärnvapen, propaganda eller krigsmakt kan tysta det folk som vill friheten. Därför och enbart därför måste idébärarna förföljas, tämjas och slutligt förgöras innan de besmittar "tamboskapen". Innan de inspirerar de tama fåglarna att odla vingar och fritt svinga sig i vinden.

Frihetens varelser har haft många namn, gestalter och skepnader genom historiens lopp. Vi är det fria, vilda och otämjda. Vi är de ylande, rusande vargarna i skogen. Vi är beduinerna fritt strövande i öknen. Vi är de präriesprängande indianerna. Vi är de över Asiens slätter framrusande barbarerna – mongolerna. Vi är de oupp-täckta stammarna i ur- och regnskogen. Vi är de ständigt hemlösa romerna i vagnar längs okända vägar. Vi är de vilt framrusande genom tiden och livet. Det är vi som är de vilda fåglarna som flyger över skyn!

Vi är obetvingliga, vi är ohejdbara. Vi är de vilt levande och galna. Vi är de sista heliga. Vi är de alltigenom fria. Vi älskar med vinden. Vi trotsar och rider på stormen. Vi erövrar skogarna och skördar fälten. Vi rasar över bergen och sjunker igenom dalarna. Vi rider rätt in i solen och betvingar regnet. Vi korsar helvetet, nedkämpar demonerna, skrattar med gudarna och festar med änglarna.

De tama fåglarna kommer aldrig lyfta mot skyn. De hatar oss och själva frihetens idé. De är vingklippta ock skola för alltid längtande och drömlöst markbundna, släpa sig fram emot sin egen död. Därför tåler de så illa de vilda fåglarnas flykt. Därför, hatar de oss.

Så för vår frihets skull måste också vi släpa vårt kors på Golgata och förhånas, bespottas och stenas av pöbeln. För att slutligen dö. Ty för friheten må vi kämpa och för friheten må vi dö.

Men vad är döden? Den är ingenting. Den betyder ingenting. Den är blott det pris vi betala får, för friheten att vara det och de vi är.

De dödade oss med kulor, med sparkar och med batonger
Del 1/2

Jag utbildade mig till verktygsmakare och när jag var 22 år erhöll jag arbetstillstånd och flyttade från mitt hemland till ett västeuopeiskt land. Jag skapade mig ett liv, fann en kvinna jag älskade och gifte mig med. När hon blev gravid så hittade vi ett hus och vi levde som berusade i en lycklig dröm. Jag hade en god lön som räckte till och allt gick min väg. Jag var fyllda 25 år.

En dag beslutades om en 30 %-ig ökning av matpriserna samtidigt som lönerna sänktes med 20 % och pensionåldern höjdes med 4 år.

Fackföreningarna beslöt gemensamt att utlysa generalstrejk och helt lamslå landet. Allt stannade. Tåg, bussar, tunnelbanor stod stilla. Ingen gick till sina arbeten. Hela landet höll andan inför vad som skulle komma. Regeringen vägrade att ge efter och inga förhandlingar eller kontakter med motparten inleddes. Efter 14 dagars stiltje kallade fackföreningar till landsomfattande demonstrationer. I huvudstaden samlades 2 miljoner människor vid ett torg strax utanför centrum. Jag fick plats i andra ledet bakom själva fackföreningsledarna som arrangerat

63

demonstrationen. Stolt bar vi våra plakat och banderoller för idag var dagen vi skulle visa folkets makt och tvinga regeringen till reträtt, i sakfrågorna kring strejken!

När tåget med plakat och banderoller med uppmaningar till Regeringen att dra tillbaka besluten om prishöjningar, lönesänkningar och höjd pensions-ålder svängde in på den 8 km långa paradgatan fram till regeringsbyggnaden samlades även 120 000 kravallutrustad polis med bepansrade fordon, vatten-kanoner, tårgas, chockgranater och mantlad ammunition. De bar sköldar, batonger och skarpladdade vapen i form av k-pistar och handeldvapen och tågade rakt emot de obeväpnade demonstranterna. Demonstranterna som såg de beväpnade poliserna komma emot sig bröt loss gatustenar för att försvara sig. Men vad förmår aldrig så mycket gatsten mot mantlade kulor, mot batonger, tårgas, vatten-kanoner och chockgranater? Hur kan det arbetande folkets representanter stå emot specialutbildade, kravallutrustade poliser? Den brännande frågan var hur långt vanlig polis ville gå för att mota folket? Hur mycket våld var de beredda att tillgripa för att stoppa en demonstration för en rättfärdig sak?

Svaret blev att de var beredda att gå hur långt som helst. Det fanns inga gränser. När vi kommit 100 meter ifrån att mötas anföll polisen oss. De sköt granater rakt in i folkmassorna. De körde fram fordonen med hårdsprutande vattenkanoner så vi trycktes bakåt. Poliserna var över oss i skydd av sköldarna och slog helt besinningslöst. Jag fick ett stenhårt batongslag i huvudet och sen blev det mörkt.

Tolv timmar senare vaknade jag i en stor cell bland cirka hundra andra fångar. Jag frågade vad som hänt? 5 000 personer hade fängslats, 7000 vårdades på sjukhus för allvarliga skador och cirka 2 000 personer hade dött. Demonstranterna hade försökt försvara sig mot polisövermakten, kastat gatstenar och byggt barrikader. Det hade urartat till kravaller men relativt fort hade polisen tack vare sin över-lägsna beväpning brutit upp demonstrationerna och tvingat demonstranterna på flykt. Det var en massaker där regeringen visat sitt totala förakt för folket genom att döda och skada oss med kulor, sparkar och batonger.

Efter någon timme kallades jag in till förhör. Tre poliser i ett rum krävde att jag skulle skriva under ett dokument där jag erkände mig skyldig till våld mot tjänsteman, upplopp och revolt mot staten. Jag vägrade. Då började de alla tre att sparka mig med grova kängor överallt på kroppen. Ibland växlade de vapen och slog mig istället med batonger. Efter två timmar av vägran att skriva under doku-mentet, sa det högsta befälet i rummet: Avsluta honom, så tar vi nästa. Jag dog där och då. Den ena polisen satte helt sonika sin pistol mot min tinning och tryckte av…

Så hämnades jag då min broders mord Del 2/2

Tre veckor efter min broders död nåddes jag av beskedet om hans bortgång. Familjen fick ett brev från hans fru där hon berättade allt. Hur han varit med och strejkat och demonstrerat och hur en polis slagit honom medvetslös med batongen. Han hade blivit arresterad och förhörd. Polisen hade velat att han skulle underteckna ett dokument där han erkände att han gjort sig skyldig till våld mot tjänsteman, upplopp och revolt mot staten. När han vägrade sköt de honom till döds

Jag tog emot det fatala meddelandet med ett förvånansvärt lugn, utåt. Inuti mig rasade elden. Jag packade ihop lite mat, vatten och min sovsäck. Meddelade mina föräldrar att jag hade för avsikt att tillbringa natten i skogen för att sörja och tänka över de nya livsbetingelserna och att jag skulle komma tillbaka kvällen efter. Då skulle vi talas vid.

Jag gick till min hemliga plats dit jag brukade dra mig undan när jag behövde vara ensam. Det var en öppen glänta mitt inne i storskogen som hade en naturligt dold koja under en jättelik gran. Jag började med att gråta. Ulkande och hulkande, otröstlig gråt under fem timmar. Därefter hade jag gråtit slut för denna gången över min älskade broders död. Nu gällde det att tänka.

Kvällen efter återkom jag till mitt hem och kallade in min mamma och pappa till möte. Mitt hemland är ett land där blodshämnden än idag är en levande realitet och där underlåtenhet att hämnas ses med förakt och medför exkludering ur samhället. Jag berättade att jag beslutat att hämnas min broders död. Jag står för själva verkställandet alldeles på egen hand men jag behöver hjälp av er två samt Veteranernas Soldatråd. Pappa, du behöver hjälpa mig att bli en fantastisk krypskytt. Du behöver också förse mig med gevär, handeldvapen samt två handgranater för att möjliggöra flykt. Du har själv varit krypskytt under många år i krigen och din svåra reuamtism är inte ett hinder för dig att lära mig skjuta. Du, mamma måste lära mig att sy kläder. Jag behöver speciellt utformade byxor med parallella tunnlar i vilka man kan bära ett krypskyttegevär i delar med sig. Du måste också lära mig sy specialsydda behåar med patronfack, i linningen under kuporna. Kuporna måste slutligen sys vaderade runt om ett fack för en handgranat per kupa. Dessutom vill jag ha beviljat 15 års tid att hämnas fullt ut från Veteran-rådet vilket man säkert kan utverka när det gäller att hämnas på en hel nation och inte en enskild person. Jag behöver vidare ett nytt namn, id-handlingar och hjälp att radera min person ur kyrkoböcker och nationella folkbokföringsregister. Jag behöver hjälp med att hitta en doktor som när jag fyllt 18 år kan operera bort båda mina bröst. Jag behöver en mindre bostad i huvudstaden samt hjälp att ta in vapen och ammunition genom tullen. Kan ni hjälpa mig med detta? Självklart, svarade min mor! Det ska bli ett sant nöje, sa min far. Han log stort och tog min hand. Jag visste väl att det fanns i dig, sa pappa. Jag fixar med allt det administrativa och tar det med rådet. Det behöver du inte bekymra dig om överhuvudtaget. Jag har redan nu en plan för att genomföra allt. Imorgon börjar vi träningen. Mamma som var sömmerska och sydde kläder utefter beställning framförallt till privatpersoner, sa att det är ju inga problem. Nu vet jag vad du kräver och ser redan kläderna framför mig. Vad har du för tidsperspektiv, frågade pappa. Jag fyllde precis 13 år och jag planerar att starta min utresa dagen efter jag fyllt 20 år. Då ska jag vara färdigutbildad och klar att börja arbetet.

Vi inledde skytteträningen dagen efter. Pappa hade lagt upp en plan. Han visade mig vapenvård och hur jag skulle sätta ihop och plocka ner geväret. Du kan själv öva på att smörja in vapnet och plocka ner och isär vapnet tills du kan göra det på 30 sekunder. Skottträningen kommer att gå till enligt följande. Du kommer att få skjuta på 30 meter, 50 meter, 100 meter, 250 meter, 500 meter, 1000 meter och 2000 meter. Du ska träffa en kork på 10 uppsatta plåtburkar på varje avstånd och under alla former av vindförhållanden innan du får gå vidare till ett längre avstånd. Jag ska lära dig om vindavdrift, om beräknande av avstånd och vindstyrka. Jag ska också lära dig hantera pistol för närstrid. Låter det ok? Perfekt, svarade jag. Mamma tog sig till att visa mig hur man sydde Cargobyxor med parallella fack längs benen som förvaring av gevärsdelar. Hon lärde mig tillverka en bh med vadderat fack för handgranater och tunnlar längs nederkanten av behån för att stoppa in kulor. Hon lärde mig att göra om jackor för att kunna ha samma parallella fack längs med ryggen som alternativt gömställe för gevärsdelarna.

Pappa fick godkänt en 15-års respit från Veteranrådet att verkställa blodshämnden, vendettan. Han skulle också få hjälp att radera min person ur alla lokala och nationella register. Vad gällde bostad skulle de återkomma efter att ha kontaktat en medlem i rådet som bodde i min destinationsort först. Veteranrådet återkom efter några dagar med besked att vi skulle få besök inom en vecka av en person som kunde ordna allt vad vi bad om.

Veckan efter kom en yngre man och knackade på vår dörr. Han presenterade sig som Sjamil Dudajev, son till Ramzan Dudajev som flyttat till väst men behållit sin plats i Veteranrådet. Sjamil informerade oss om att han arbetade som diplomat på landets ambassad med ansvar för säkerheten på ambassaden. Han hade diplomatpass och kunde ta in vapen då han inte riskerade att behöva genomgå några kontroller eller få sitt bagage genomlyst. Han kunde även skaffa pass och id-handlingar i mitt namn samt ge mig rum i sin egen bostad. Han visste vad som hänt och varför jag ville hämnas och erbjöd sig att gifta sig med mig strax innan jag skulle avresa. Då fick jag automatiskt hans namn och kunde jobba som kurir för honom och därvid erhålla ett eget diplomatpass. Utmärkt, sa jag. Då behöver jag inte byta namn och id-handlingar innan giftermålet och vi kan resa ut tillsammans. Jag behöver en sak till av dig och då du jobbar med säkerhetsfrågor är det nog inga problem för dig. Jag vill ha en lista på 20 personer som tog tog beslut och verkställde polisingripandet under demonstrationen samt tortyren efteråt av min bror. Det är lätt gjort. Du ska få namn, foton, yrkesbefattningar och adresser av mig på de politiker och poliser som var direkt inblandade i processen.

Sömnaden gick lätt och jag lärde mig relativt snabbt att sy upp behåer, jackor och Cargobyxor med de olika fack som skulle behövas. Jag lärde även mig att sy vardagskläder och alla andra klädespersedlar jag skulle behöva under de planerade fem åren jag ämnade ägna åt att hämnas min bror på plats. När jag var 18 år fick mamma en massiv hjärtinfarkt och dog omedelbart. Ett år senare opererade jag bort mina båda bröst.

Med skjutningen blev det betydligt svårare. Efter tre års träning hade jag klarat av 30, 50, 100 och 200 meters skyttet. Jag började känna av stress då jag inte klarat av att träffa än på 500, 1000 eller 2000 meter. Jag övade ihärdigt men jag hade hamnat på en platå. Efter att hållit på i 10 månader med 500 meters skotten så lossnade det plötsligt. Under en vecka lyckades jag under alla former av vind träffa korken ovanpå de 10 plåtburkarna varje gång jag sköt. 4 månader senare träffade jag korkarna i alla vindförhållanden på 1000 meter. Pappa berömde mig storartat och sa att nu var jag färdig. Nej, sa jag. Jag ville klara 2000 meterskorkarna också för säkerhets skull. Pappa envisades med att det var onödigt men jag ville vara säker på att alltid ha en möjlighet att träffa målet även om det var väldigt långt iväg. Så vi fortsatte och två månader innan utresan klarade jag alla korkarna på 2000 meter. Jag var klar med mitt arbete.

En vecka innan utresan anlände Sjamil för bröllopet. Han hade med sig mina id-papper och pass samt en specialbyggd låda att packa ner geväret i samt så mycket ammunition jag kunde tänkas behöva samt därutöver ett handeldvapen. Vi gifte oss och jag hette nu Anya Dudajev.

Bröllopet var trevligt med alla vänner som närvarade och det var härligt att dansa med min man. Svärfar berättade att Veteranrådet sett till att radera alla uppgifter som fanns om mig hos nationella och lokala myndigheter. Den gamla Anya fanns helt enkelt inte längre.

Resan ut gick lika galant som tullgenomgången och på kvällen var vi framme vid vårt nya hem. Sjamil hade gjort i ordning ett eget rum för mig att ha mina saker i samt sova. Jag log och sa: Det blir perfekt men jag skulle föredra att sova i samma säng som du, om du nu vill ha din fru i sängen? Om jag vill, sa han. Jag har velat ha dig ända sen jag återsåg dig på bröllopet men jag har inte velat stöta på dig då vårt äktenskap enbart skulle vara ett skenäktenskap. Vi hade en underbar natt och på morgonen undrade jag vad han tyckte om att jag saknade bröst? Det var märkligt upphetsande då jag beundrade din hängivelse och alla de uppoffringar du gjort för att du ska nå ditt mål. Du var underbar och du har en fantastisk kropp.

Så levde vi då som det äkta par vi var och jag jobbade deltid som min mans kurir. I verkligheten började jag beta av listan med personer ansvariga för min brors död. Jag började med personerna i högre befattning för att inte ge myndigheterna tid att förstärka bevakningen av de viktigaste måltavlorna. Jag sköt uppifrån taken, om måltavlorna inte bodde så det var enklare att ta ut dem i deras privatbostäder. Den första månaden sköt jag 4 stycken och höjdarna blev alltmer skakade. Bevakningen var nu enorm kring viktiga personer.

Jag gick därefter över till att döda med längre mellanrum. Då hann bevakningen slappna av lagom mycket för att jag skulle hitta luckor i bevakningen.

Efter närmare fem år hade jag betat av 19 stycken på listan. Endast en återstod. Den sista personen skulle hålla ett offentligt tal utomhus, på en uppbyggd estrad i ett förortsområde, med enbart låga villor. Det enda höga hus i området var polishuset, beläget 2 km från estraden där talet skulle hållas. Min man gav mig information att på översta nionde våningen fanns sedlighetsroteln samt namn på utredarna. Han tog också reda på vilka pågående förundersökningar mot prostituerade som pågick, vilka som var misstänkta för sexbrott och vilka som utredde brotten. Jag bestämde mig för vem jag skulle vara och vem jag skulle fråga om. Sjamil tog fram ritningar över huset och jag la upp en plan. Jag målade mig vulgärt och klädde ut mig till en trashig punkhora med spetsnitade cargobyxor samt nitbälte, säkerhetsnålar och kedjor fastsatta på kläderna. Travade in i polishuset, presenterade mig, frågade efter utredaren och sa att jag hade ny information i mitt eget ärende. Polisen i receptionen ringde upp och fick klartecken att skicka upp mig i hissen. Jag klev av på våningen under, tog trappan upp och använde en specialdyrk för att öppna dörren till taket. Jag skruvade ihop geväret, gjorde vindberäkning och la mig ner med geväret anlagt mot cementkanten runt taket. Mannen klev upp på scen och började tala. Jag siktade extremt länge. Jag hade inte råd att missa. Jag avlossade skottet och mannen föll. Mitt uppdrag var klart. Jag tog trappan ner till åttonde våningen och hissen ner till entréplan. Där kallade polisen i receptionen mig till sig och frågade om jag inte varit uppe hos utredaren? Nej, sa jag. Log förföriskt och sa att jag hade ångrat mig. Han log tillbaka och sa att han skulle meddela utredaren.

På kvällen brände mannen och jag papper, ritningar, listor med namn, adresser, titlar till aska. Min man gav mig ett papper med en uppdragsbeskrivning för ett långtidsarbete i hemlandet som alibi och sex månader senare reste jag hem med diplomatpass, gevär, pistol och ammunition. Vi förblev gifta och mannen kom ofta och hälsade på mig i min nya bostad i mitt hemland.

Pappa som blivit svårt sjuk i cancer kramade mig väldigt länge och hårt och berättade hur otroligt stolt han var över mig och vad jag uträttat. Du har uppfyllt och överträffat alla förhoppningar jag någonsin haft. Ett halvår senare avled han stilla och förnöjd över att rättvisa skipats och blodshämnden verkställts.

Hämnden må ha varit oproportionell men nödvändig för att ha mitt människovärde i behåll. Jag kunde bara inte svälja det oförlåtliga det främmande landets översta elit orsakat min broder. Det är förmodligen omöjligt att rättfärdiga mina handlingar för gemene man. Det är omöjligt att rättfärdiga handlingarna även inför mig själv ofta. Men där och då kände jag inte att jag hade något val. Jag är född med blodshämnden strömmande i mitt blod och kunde inte förmå mig att sätta mig över denna nedärvda hämndlystnad. Den var min att verkställa och den förändrade mig helt som människa. Jag vann vissa saker i min personlighet men dödade andra och kom ut som en helt ny människa med andra värderingar och annan syn på livet. Idag skulle jag aldrig gjort vad jag förut ansåg rätt. Men där och då hade jag inget val. Det fanns ett pris att betala och jag betalade mer än jag någonsin trodde var möjligt.

Är mina handlingar överhuvudtaget förståeliga? Är mina handlingar förlåtliga? Vad tycker du?

När övergår en befrielserörelse till att vara en terroristorganisation?

Mitt namn är betydelselöst. Det är inte min identitet. Jag är en av många inom en ursprungsbefolkning, vilket är min identitet. Jag är svart men inte heller min hudfärg är min bestämning. Jag är en vanlig, enkel MÄNNISKA och ingenting annat.

Vi hade bebott vår världsdel sedan den första människan uppstod. Det var på denna kontinent som den första människan föddes och levde. Vi spred efterhand ut oss över vår egen kontinent och längre. Vi täckte till slut hela världen. När många tusen år gått "upptäckte" de vita det land som redan var upptäckt och befolkat i en evighet bakåt. Men den vita mannen var så förmäten att han tog äran av att han upptäckt oss.

Den vita ockuperande mannen la beslag på vår mark och byggde upp städer och skolor. Vi fick bygga egna bostäder men inte i de vitas områden och vi förvägrades tillgång till skolor och utbildning, liksom till parker och restauranger. Vi kunde bara handla varor i speciella affärer för färgade och det var då frågan om ett begränsat antal andra klassens varor.

När den vita mannen upptäckte att det fanns koppar, guld och diamanter inom landet startade de storskalig gruvdrift där vi fick arbeta för en väldigt låg lön. Alla vinster lade de självklart åt sig. De vita byggde också lantgårdar där vi kunde få bo i usla baracker och slava för närmast oätlig mat och obefintlig lön. De tog sig friheten att piska oss sönder och samman samt tvinga sig på våra kvinnor. Barnen som blev resultaten av övergreppen kändes de självklart inte vid.

När de vita upptäckte fyndigheter, på våra numera allt mindre marker, drevs vi helt sonika ifrån våra hem. De kom med maskingevärsbeväpnad militär och polis, med bulldozers och stridsvagnar och de tvingade oss att lämna allt utom de få ägodelar vi hann ta med i våra händer. Bakom oss såg vi hur bulldozerna och stridsvagnarna körde rakt över och malde ner våra bostäder och ägodelar till grus.

Till slut fick vi nog och började demonstrera för att få anständiga löner, rösträtt, människovärdiga bostäder samt för att behandlas som människor och inte som de vitas boskap. Varje gång vi demonstrerade skingrade militär och polis demonstrationerna med våld och skjutvapen. Varje aktion krävde sina dödsoffer.

Vi slöt oss samman och bildade en nationell organisation för svartas rättigheter. Då fängslade de våra ledare och dömde dem som fiender till staten, till livstids fängelse. Det fick oss att härskna till och stora demonstrationer hölls i alla städer under ett par veckor. Till slut satte de in militär och polis med order att skingra och förgöra. Varje attack inleddes med att en stridsvagn sköt raketer rakt in i folkmassan och följdes därefter upp med urskiljningslös skottlossning med maskingevär. Hundratals dog, skjutna i ryggen under vild flykt från skottlossningen. Detta skeende ägde rum i varje stad där vi demonstrerade. De sköt för att döda och skingra demonstrationerna vid varje tillfälle vi fredligt demonstrerade.

Tusentals husrannsakningar efterföljde demonstrationerna, där dörrarna sparkades in och allt som ansågs misstänkt beslagtogs. Böcker, brev, tidningar m.m. En månad senare inleddes en rättegång med avsikt att förbjuda och terroriststämpla vår organisation utefter det material som beslagtagits under husrannsakningarna. Även alla inspelade tal i samband med demonstrationerna runt om i landet anfördes som bevis emot oss. En helt vit jury röstade enhälligt för förbud. Domarna förbjöd därefter vår organsation att verka och stämplade vår organisation som en terroristorganisation. Den som har makten äger ju även makten att fastställa vilka organisationer och sammanslutningar som ska förbjudas och stämplas som terroristorganisationer.

Så vad kunde vi göra? När de sköt för att döda och skingra oss vid fredliga demonstrationer? När vi inte ägde rösträtt så vi kunde välja parti och personer som kunde företräda våra intressen? När vår egen organisation var förbjuden och förklarad vara en terroristorgansation?

Vi samlade 227 av våra främsta män och kvinnor till möte för att diskutera den uppkomna situationen och vilka åtgärder vi skulle vidta. På något vis fick staten information om mötet och la sig i bakhåll. I det stora det hela var det nästan ingenting, knappt ens en fjärils lätta vingslag. Betydligt fler hade sammantaget gått åt under de tidigare demonstrationerna. Men i vår värld var det allt utom ingenting. 227 av våra kamrater låg efteråt utspridda på gatan, perforerade och massakrerade av kulor.

Vi hade åderlåtits svårt. Först dömdes våra nationella ledare till livstids fängelse och därefter sköts ytterligare 227 av våra främsta män ihjäl och var borta. Vi samlade ihop resterna av vad som återstod av organisationen och flydde till vårt grannland dit vår kommande ledare tidigt evakuerats för att hållas från fängelse.

Vi diskuterade under flera dagar och slog sedan fast att vi skulle slå tillbaka och använda oss av sabotage. Ledaren fick i uppdrag att sätta upp en ledningsgrupp på fem man, organisera upp rekryteringen av motståndsmän samt tillse att lednings-gruppen tog fram mål för sabotagedåd. Dåden skulle sätta skräck i makthavarna samt slå mot strategiskt viktiga eller värdefulla mål för statens ekonomi. Det återstod helt enkelt ingenting annat än att ta till vapen och slå tillbaka med vapen.

När regeringen fick reda på vårt möte och våra planer förklarade de bokstavligen krig emot oss. Vad hade vi då för val annat än ta till vapen för att försvara oss?

Om krig förklaras återstår blott att dö eller döda. Det är som med historiska dueller. Det vapen fienden väljer är även det vapen du måste välja. När en part väljer krig måste således också du välja krig för att undgå utplåning och för att föra kampen fram till en nivå där vapenvila, förhandlingar och fred är möjligt.

Ett enat folk med beslutsamhet och hängivenhet, som insett att det räcker nu, vi har fått nog, kan aldrig besegras. De vill kriget och segern och fruktar sinte ett nederlag. De har drivits därhän att de är oberörbara av fruktan och död. Ty när man inte längre har något att förlora, då den upplevda verkligheten är en outhärdlig mardröm, då har man allt att vinna och varje handling i avsikt att bli fri från förtrycket, är i sig en seger. Och, där stod vi nu.

Vi förvarnade arbetarna vid de olika gruvorna och sprängde alla gruvorna i en samordnad aktion. Det var ett chockerande och oerhört hårt slag mot regeringen då det innebar att en oerhört lönsam gruvindustri skulle kamma in noll under hela den långa tid restaureringsarbetet skulle pågå. Det handlade om flera år utan intäkter, bara uppbyggnadskostnader. Vi fortsatte med att spränga vapen-industrier till grus. Järnvägsrälsar, som fraktade gruvornas och vapenindustriernas produkter försattes ur spel. Jättefarmerna, med svarta arbetare,sattes i brand medan boskapen beslagtogs och forslades bort. Vid alla sprängningar såg vi till att få bort arbetarna innan det sprängdes. Inte en enda människa kom till skada med undantag av en av våra egna som hanterade dynamiten lite för oförsiktigt. Vi satte en stor ära i att inga oskyldiga skulle dö eller skadas.

Vi var uppdelade i små kommanogrupper som slog till helt utan förvarning och försvann lika fort tillbaka till sina gömställen. Inte en enda man åkte fast under två års tid och fyrtiosju framgångsrika dåd.

Regeringen slet sitt hår och våndades över att de inte kom någonstans i försöken att hitta de skyldiga. Våra män var handplockade och ingen tjallade. Vi slogs på liv och död för våra rättigheter, utan en tanke på att sluta förrän vi lyckats tvinga regeringen på knä.

Regeringen höll presskonferens och erbjöd oss amnesti om vi gav upp och slutade spränga. Ingen av oss ens övervägde erbjudandet. Som svar sprängde vi samma natt regeringsbyggnaden. Under de följande sex månaderna genomförde vi ytterligare 16 sprängningar av olika myndighetsbyggnader. Stort kaos, men fortfarande inga skadade. Till och med de vita tryckte nu på regeringen att få stopp på spräng-ningarna till vilket pris som helst. Regeringen släppte de ledarna som dömts till livstids fängelse. Vi tog emot dem, inlemmade dem i vår stridsorganisation men fortsatte spränga byggnader samt de nu halvrestaurerade gruvkonstruktionerna.

Regeringen öppnade för dialog och vi svarade via media att vi var öppna för möten i utlandet. Regeringschefen i ett grannland garanterade oss fullständigt skydd, bevakning samt lokal för förhandlingar. Vi informerade regeringen om tid och plats samt instruerade att endast fem man från var sida tilläts medverka och att de skulle ha mandat att fatta beslut och underskriva avtal för regeringens sida.

Vår femmannagrupp presenterade våra oåterkalleliga krav. Vår organisation skulle vara tillåten igen och terroriststämplingen skulle upphävas. Samtliga politiska fångar skulle frisläppas. Rösträtt för svarta skulle införas. Direkta val till parlament och presidentposten skulle hållas inom sex månader. Alla segregerande lagar, förordningar och förbud skulle upphöra med omedelbar verkan. Skolor, restauranger, bostadsområden m.m. skulle öppnas på lika villkor för alla medborgare.

Gruvindustrin skulle förstatligas och alla vinsterna tillfalla staten och medborgarna. Farmerna skulle betala avtalsenliga löner liksom gruvorna och andra arbetsgivare. Avtalsenliga löner fastställdes i ett dokument vi överlämnade till regeringen. Lönerna skulle per automatik höjas varje årsskifte utefter föregående års inflation. När detta var undertecknat och genomfört skulle vi lägga ner och överlämna vapnen.

Sex månader senare var all ny lagstiftning på plats och åtgärder inom landet avseende löner hade vidtagits, alla politiska fångar hade frisläppts och de första fria valen där alla fick delta och rösta samt vara valbara skulle hållas veckan efter.

Valet avlutades med att vår organisation stod som segrare med 84 % av rösterna trots att vi svarta "bara" utgjorde 70 % av befolkningen. Även den vita befolkningen röstade till stor del på oss. Vår exilledare valdes till president och när han tillträdde dagen efter valet och parlamentet samtidigt samlades med nyvalda ledamöter, överlämnade vi vapnen och förklarade kampen vara över. De nytillträdda cheferna för polis och militär var också färgade vilket garanterade fred och trygghet för alla, för första gången i landets historia.

Många saker återstår fortfarande att åtgärda, många problem väntar på att finna lösningar på och mycket arbete ligger framför oss. Men vi arbetar nu tillsammans som ett enat folk i landet. Vi är på väg och vi har nu makten och verktygen att i grunden förändra och förbättra vårt land. Det kommer att ta tid. Det kommer att bli svårt men vi är valda av en majoritet av folket. Vi har folket bakom oss. Det är dags för oss alla att enas och läka ihop.

Till läsarna ställer vi återigen frågorna: Vad hade vi för andra val än att ta till vapen i den situation vi befann oss? När regeringen sköt för att döda och skingra oss vid fredliga demonstrationer? När vi inte ägde rösträtt så vi kunde välja parti och personer som kunde företräda våra intressen? När vår egen organisation var förbjuden och förklarad vara en terroristorganisation?

För om staten inte är legitim, om endast en minoritet av folket äger rätt att rösta. Är det inte då en diktatur och har då inte de grupper som olaga förtrycks och förvägras rösträtt, och en hel rad andra former av fri – och rättigheter, rätt att resa sig och ta till vapen när alla andra metoder prövats och visat sig vara ineffektiva för att inte säga värdelösa?

Måste det nödvändigtvis vara frågan om terrorism om en part uteslutande ger igen med samma mynt som staten begagnar sig av gentemot medborgarna? Kan det inte istället vara frågan om självförsvar från en befrielserörelse som vill slippa bli mördade och skadade? Vad kallas i annat fall statens medvetna mördande med samma vapen? Är staten också terrorister då eller är det ok för en stat att mörda medborgarna men inte för medborgarna att slå tillbaka mot de mordansvariga inom staten? Det är tankar som kräver den djupaste eftertanke. Hur ser du på sakernas förhållande? Är en organisation som tar till vapen, när inga andra medel föreligger, en terroristorganisation eller en befrielseorganisation? Vilka förut-sättningar måste vara för handen för att en befrielserörelse kan godtas slå tillbaka och fortfarande vara en befrielserörelse, oavsett vilka medel de använder för att vinna fri- och rättigheter?

Alla befrielserörelser har kallats terrorister fram tills de segrat. Deras våld, som alltid varit den svages våld, har av motståndaren eller den anfallande super-makten, kallats omoraliskt, grymt och terroristiskt. *Jan Guillou*

Intervju med Förintelseöverlevare

Det var för ett halvt liv sedan. Jag var 25 år och hade arbetat ett år som journalist på en skånsk morgontidning.

Hon slog sig ner vid bordet intill mig i baren och drack ett glas rödvin långsamt och eftertänksamt. Hon var mellan 75 och 80 år gammal, trodde jag. Sliten, men påfallande vacker och med ett inre ljus som trängde ut när hon log. När hon lyfte vinglaset såg jag att hon hade ett nummer tatuerat på sin handled. Hon var en judisk kvinna. En judinna.

Är du journalisten PM Jonsson frågade hon? Ja, sa jag. Jag har sökt dig då jag läst dina artiklar och gillar din stil och ditt arbete. Ditt sätt att ge varje artikel din personliga vinkel byggd på direkta fakta och avsluta varje skrift med en skarpsinnig slutsats. Jag heter Miriam Rothstein och är en av överlevarna av Förintelsen. Jag satt nästan fem år i Auschwitz. Jag håller på att färdigställa en biografi över vad som hände. En berättelse skriven ur betraktarens ögon. Den skildrar ingående vad som hände mig men helt utan känslor eller redogörelse över de mentala följderna.

Utmärkt, svarade jag. Det är ett vittnesmål som är ovärderligt inför framtiden. Där är vi eniga, sa hon. Men det räcker inte. Jag har letat länge efter någon som är kapabel att göra en inträngande intervju. Ställa en rad obekväma frågor och därefter ge intervjun sin egen personliga vinkel och slutsats. Den enda lämpliga person att genomföra en sådan intervju är du. Vad säger du? Vill du åta dig arbetet? Jag ska iväg på jobb utomlands i fyra veckor och behöver därefter två veckor för att samla jobbet, sa jag. Är det ok? Ja, absolut, svarade hon. Fredag klockan två om sex veckor hos mig och sen 48 timmar framåt. Jag står för mat, logi och dryck. Det tar vi, sa jag. Några villkor kring intervjun? Ja, ett par. Börja intervjun med att ställa dina övergripande frågor så vi kommer varandra in på livet direkt. Du måste också liksom jag vara helt naken under två dygn. Intervjun ska vidare ske med bandspelare så vi slipper alla avbrott som skrivande medför. Jag vill åstadkomma en intimitet emellan oss som gör frågor och svar snabba och enkla. Direktreaktion.

När dagen kom ringde jag på dörren och Miriam öppnade iklädd morgonrock. Det första hon sa var att vi lägger bort alla titlar och kallar varandra du. Vi gick in i vardagsrummet och där lät Miriam morgonrocken falla. Hon sa torrt, du kan lägga dina kläder i fåtöljen och komma ut i trädgården. När jag kom ut såg jag att hon placerat två mycket pösiga fåtöljer mitt emot varandra och på ett bord fanns cigaretter, askfat, assietter, kallskuret samt flaskor med rött vin. Hon hällde upp i var sitt glas och bjöd mig att sitta. Hon flyttade sin stol just så mycket att hon fick sol på kroppen. Vi granskade varandras nakna kroppar och efter att ha ätit lite kallskuret och druckit lite vin så inledde jag intervjun.

Varför vill du vi ska vara nakna under intervjun? Känns det underligt? motfrågade Miriam. Nej faktiskt inte, svarade jag. Jag trodde det skulle bli genant och stelt men tillsammans med dig känns det helt naturligt. Bra, det var det jag trodde. Jag har lärt mig att ska man vara helt ärlig och oförställd under allvarliga samtal så måste man vara helt skyddslös, utlämnad och naken inför den andra. Det går helt enkelt inte att undanhålla information eller ljuga när båda parter är helt nakna inför varandra. Så det är inget konstigare än det och det har inget med sexualitet att göra utan istället med att vara helt ärlig, uppriktig och naturlig.

För att förstå dig och kunna ställa djupare frågor skulle jag vilja ha översiktlig info kring dina förhållanden efter Auschwitz. Jag kom till lägret som 10-åring och jag var 15 när vi släpptes fria av de allierade. De första sex åren efter befrielsen ville jag inte ha någonting med män att göra. Jag var djupt traumatiserad och fokuserade på att lära mig leva, överleva. Jag blev våldtagen flera gånger av

75

lägervakterna och två gånger blev jag med barn. Barnen togs omedelbart ifrån mig och vakterna gick ut till ett vattenfyllt oljefat och dränkte barnen direkt.

När jag var 21 träffade jag en förmögen direktör, en 45-årig man som jag högaktade och respekterade men aldrig älskade. Han friade och efter att ha förklarat för honom att jag inte älskade honom men att jag gärna ville gifta mig med honom för trygghetens skull, tackade jag ja. Jag behövde även lära mig att känna tillit till människan, och speciellt männen, efter lägervistelsen. Äktenskapet fungerade. Vi låg med varann och hade det trevligt tillsammans. 10 år senare dog han och jag ärvde huset och en hel del pengar. Jag hade till och från kortare förhållanden med män under 20 års tid tills jag beslöt att leva ensam livet ut. Jag började då skriva på min överlevarbok.

Vi gjorde ett kort uppehåll för intag av mer mat och dryck. Sedan frågade Miriam mig om det var ok att fortsätta intervjun i badkaret? Jag nickade och hon gick in och tappade upp badet. Invid badkaret fanns ett bord där hon placerade askfat, det kallskurna samt vinflaskor. Hon tände stearinljus i badrummet för att ge atmosfär. Vi klev i det breda badkaret och tog varsin cigg innan vi började om.

Varför har du valt att inte tatuera över ditt lägernummer vid handleden? Hon tänkte ett tag och svarade sen att hon medvetet valt att inte tatuera över lägernumret för att hålla hatet levande. Jag bär numret med stolthet likaväl som av rent hat. Här ska inget glömmas. Hatet ska bränna genom min kropp. Samtidigt stärks jag också som människa då jag varje dag när jag ser det också är stolt för att jag är en överlevare vilket ingen kan ta ifrån mig.

På vilket sätt påverkar din lägervistelse dig idag? Jag håller huset upplyst med stearinljus precis som i lägret. Liksom med att behålla tatueringen handlar det om att vidmakthålla hatet då vi aldrig hade elektricitet i lägerhusen.

Timmarna flög och nu hade det blivit tid att flytta över till sängen, sa Miriam. Vi tog med oss mer vin, mat, cigg och askfat och tända en rad stearinljus och la oss tillrätta på sidan, vända emot varandra.

Min nästa fråga var: Kan du njuta av livet och saker i livet? Jadå, svarade Miriam. Jag njuter av alla de saker jag förvägrades i lägret. Jag njuter av att läsa böcker, Skriva. Jag äter och dricker gott. Jag värmer upp huset med olja så jag alltid har ordentligt varmt omkring mig. I lägret var det oisolerat och iskallt. Vinden ven genom springorna i väggarna och fönstren var enkla. Jag frös varje dag oavsett årstid. Många frös ihjäl. Därför vill jag idag alltid ha det varmt omkring mig.

Jag har stora öppna spisar i såväl vardagsrum som sovrummet ovanpå och arbetsrummet drar nytta av värmen från skorstensstocken som går igenom rummet. Då kan jag också gå naken och känna luften mot min kropp, mattorna mot mina bara fötter. Golvvärme, så jag kan gå barfota oavsett klimat och utomhusgrader. Jag njuter av långa, varma bad. Av att känna solen mot min nakna kropp och känna vinden smeka över mig. Människan behöver inte särskilt mycket. Jag är en enkel kvinna med enkla och till största delen billiga behov. Det som kostar en del är uppvärmningen men jag tycker att jag förtjänar att få ha det varmt omkring mig. Jag har tjänat in det utefter den behandling livet gett mig.

I lägret fanns inga böcker. Inga pennor och inget papper. När vi skulle tvätta oss så spolade vakterna iskallt vatten på oss under tryck. Solen fick vi aldrig vara ute och njuta av. Mat fick vi alldeles för lite av under hela lägertiden. Svälten var konstant och många svalt ihjäl.

Jag vill här också poängtera att jag funnit att det absolut bästa sättet att bearbeta och för en tid få distans till en sorg är att fortsätta njuta av de saker du älskar. Göra dem i ensamhet. Det släcker inte sorgen men det mildrar och gör det lättare att leva vidare. Håll sorgen på avstånd tills du har tid och ork att ta in och bearbeta sorgen.

Jag frågade henne om hon någonsin upplevt ett sexuellt passionerat förhållande, med tanke på våldtäkterna i lägret?

Hon betraktade mig eftertänksamt och såg mig djupt in i ögonen när hon svarade: Det finns två skilda sätt gällande sexualitet. Det finns en fysisk attraktion som bygger på att två människor åtrår varandras kroppar. Det handlar då om ren kättja, brunst och lust. Det är en kropparnas attraktion.

Det andra sättet handlar om att bli upphetsad på grund av en annan människas intellekt. Man attraheras av en annan persons intelligens, tankar, idéer, visioner drömmar och tankesätt. Det är en hjärnornas attraktion, en själfull attraktion som yttrar sig genom en lust att älska med partnern. Att ge av sin kropp, sig själv genom älskog utan att nödvändigtvis förvänta sig något åter. Besvaras attraktionen kan älskogen resultera i ren passion. Svaret på din fråga är dock att nej, jag har aldrig upplevt en sådan passion som jag beskrev som intellektets passion, som att hjärnorna älskar med varandra.

Våra ögon möttes och plötsligt befann vi oss i varandras armar. Miriam bad: Älska med mig. Efteråt slocknade vi utmattade i varandras armar och vaknade upp flera timmar senare. Hon kysste mig ömt och långsamt och sa: Det var fantastiskt. Tänk att jag fått uppleva ren passion och kärlek innan jag dog.

Vi gick upp. Tog en flaska vin och gick ut och satte oss nakna i trädgården. Det var tropisk sommar. + 23 mitt i natten och vi njöt av friden, stjärnorna och sällskapet. Senare, efter ett glas vin återupptog vi intervjun och gick under den resterande tiden igenom hennes lägervistelse och allt hon utsatts för varvat med bad, mat och dryck. Men vi älskade aldrig någonsin mer med varandra. Kanske var vi rädda att bli besvikna efter en fullkomlig akt.

Intervjuserien med artiklar blev en succé. 63 stora tidningar över världen köpte in serien. Boken med intervjun kom ut fem år senare samtidigt som Miriams själv-biografi. De kompletterade varandra och båda blev bestsellers. Nio år efteråt fick vi filmkontrakt med Hollywood. Vi var båda rika nu men det viktigaste för oss båda var vittnesmålets spridning över världen för att motverka och förhindra nya nazistdåd i framtiden.

Hur gick det då för Miriam och mig? Vi förblev bästa vänner och träffades några gånger per år. Samtalade och njöt av mat, dryck, diskussioner och av varandras intellekt. Vi var båda enstöringar och behövde ensamheten för mycket.

14 år efter första mötet avled Miriam. Huset testamenterades till en förening som arbetade för att upprätthålla minnet av Förintelsen. De erhöll också ett antal miljoner för att göra om huset till museum och besökscentrum. Jag själv erhöll gåvan att plocka så många volymer ur hennes bibliotek jag ville, innan föreningen fick tillgång till huset. Jag ärvde överraskande även ett stort timmerhus långt ute i Jämtlandsskogen med tillhörande skogsareal och en fristående lada med ved för 15-20 år. Hon hade aldrig berättat om timmerhuset för mig. Vardagsrum, sovrum, arbetsrum med bibliotekshyllor, kök, badrum med stort bad, fylld vinkällare, eldstad i vardagsrum, arbetsrum och sovrum. Allt i 1-plan. Huset fanns inte utsatt på karta och var heller inte registrerat på Lantmäteriet. Det fanns helt enkelt inte! Här kunde jag bo och arbeta ostört livet ut. Miriam visste vem jag var och vad jag ville ha.

Ta mig hem genom natten

Ta av dina kläder och kryp naken ner i min säng. Vänd din varma rygg mot mitt bröst och låt oss vila, älska och sova så, innan jag i natt måste gå.

Jag hör vargarna vässa sina klor mot dörren, jag hör rovdjuren jaga i natten. Jag hör bestar som ingen människa skådat vandra och fläka och öppna jorden mot gränslösa djup. Jag hör änglar förintas och vräkas mot stupen. Älvorna stympas och dräpas. Alver och Vättar fly för sina liv. Det är just en sån natt som mörkerväsen äger. De vaktar och vakar så ingenting undflyr svärtan.

Å, det finns ingen värme i elden mer och det finns inget ljus i mörkret. Det finns bara du och jag i natt. Du är den enda som kan kalla på min själ och bli hörd. Du är den enda som kan leda mig tillbaka. Ta hem mig genom natten när jag försvinner in i min själs eget mörker.

För i natt finns inga spår, inga stigar, inga vägar. Det finns inga landmärken och inget bekant. Det är världar av natt och mörker och det är längesen ljusen och eldarna brann ut. Jag har varit där förr men för varje gång blir det allt svårare att ta sig tillbaka, för även mörkret blir tätare och svartare efter hand.

Och, det är lätt att leva i mörkret. Alltför lätt. Att ge upp, sluta kämpa. Låta bestarna vinna och mörkret ta över och sluka en. Och, det är så svårt att leva i ljuset och värmen och bara du, min älskade håller mig kvar.

Del 2

De vilsevandrade

Äldre dikter 1984-1992

Värld av drömmar byggd

Vad skall du bygga om världen blir ett fängelse?
- Om världen blir ett fängelse, en himmel skall jag bygga
Vad skall du bygga om också himmelen blir ett fängelse?
- Om himlen blir ett fängelse, jag skall en drömvärld bygga

Med vad skall du bygga en drömvärld, min vän?
- Med drömmar och drömmar allena,
skall jag bygga mig en värld där allt som grott i fantasi,
får liv i ljuvlig harmoni

Ty drömmar är en märklig plog,
bryter sten och vattnar blommor
Drömmar byggs på märklig bog,
byggs ej alls av sten och skog

Nej, med längtan stark möblerar jag mitt hus
En stjärnas sken blir mitt enda ljus
Tapeter väljer jag bland mina drömmar
En näktergal min dörrklocka skall bli

Och väggarna skall vara skogens träd
Golvet, det blir mossa, mjuk och grön
Mitt tak blir själva himmelen den blå
Sängen blir en rosebädd så skön

Ty för en drömbädd var jag gjord
- ej för denna ängd och jord
För att smida vackra ord,
Ej för plikt och brodermord

Så vill jag bli

Så vill jag bli som sömnen
som skänker till dig drömmar
Så vill jag bli som luften
som runt ikring dig strömmar

Som ljumma morgonvinden
där väcker opp din kropp,
som solen som den värmer
och vrider lågan opp

Som vinet som berusar
och eldar hett ditt blod,
som i dig törstigt rusar
och fyller dig med mod

Som ömma kärlekshanden,
som är den hand du drömmer,
som ger blott allt och därför
på drömmar helt dig tömmer

Som regnet som dig mättar
och tungt dig faller över,
som älskogen där söver,
som är vad du behöver

Som sång som milt dig vaggar
och varsamt släcker ljuset,
som mor där övervakar
sitt barn i barndomshuset

Sen blir jag åter sömnen
som skänker till dig drömmar
Jag bliver åter luften
som runt ikring dig strömmar…

Låt mig drömma

Låt mig drömma mina drömmar
mellan rönnbär och snår
Låt mig sköna dikter sömma
Låt mig sätta mina spår
Låt mig somna under stjärnorna:
Långsamt börja drömma
Djupt, den sista
bägaren tömma

Efter stormen

Efter stormen sjunker hav,
vilar vik och viker våg
Ruggar räven himlens vin,
putsar pälsen söndagsfin

Opp ur fjärran solen stiger,
torkar tårar skyar gråter
Liten fågel vaknar åter,
ut ur boet flyger

Fågel, i ditt vingpars ställe
vill jag mig befinna
Tung av ålder, trött av år
- andra vingar snart jag vinna

Längtan seglar vår skuta

Ej vind och motor känner vi,
vår båt har andra medel

- drömmar fyller vårt segel,
längtan driver oss fram

Jag är styrman ombord på vår skuta
I natt skall vi segla igen
Vi vill men kan inte sluta
- en starkare tvingar oss ut igen

Du vet vart vi skall när i natt vi går ut
Vi är många som samlas och seglar ditut,
som längtar och drömmer att gå längs den strand
där allting viskar vår längtans namn

I morgon faller snö

Ej vet jag vem jag är
och ej varthän jag driver
Den tid jag lever här
- vet ej hur lång den bliver

En dag jag funnits här,
i morgon redan där
I morgon faller snö
I morgon skall jag dö

Du frågar mig

Och du frågar mig
om jag vet vart vägen går
Jag kan se på dig
- du vet inte var vi står

Men hur skall jag veta
vart vägen bär?
Jag som inte vet
var jag kom från och är!

Det stryker en ulv

Det hukar en dvärg i min själ,
det löper en sot i mitt bröst
Det stryker en ulv vid min dörr
och trångt och stängt är mitt bröst

Men i mitt hjärta när jag drömmar,
där bor längtan och mitt hopp
Och jag vet om blott de strömmar
skall ett ljus en gång slå opp

Så fast i kölden i min själ är svår,
mitt hjärta ej den når
Där dröjer kvar små blomsterblad,
där råder evig vår

Riddarhjärta

Jag vill strida bland de unga,
jag vill rida, jag vill sjunga
Jag vill inte bli passiv
när jag är så full av liv

Och viker mig väl modet sen,
- jag söker icke strid igen -

en skam jag lever, mus bland män
Dräp mig, om och om igen!

II

Giv mig en kamp, en jättarnas envig
Gån mitt svärd dit striden står hårdast
Låtom mig ringas av fiendens härer,
och kan jag ej vinna om tiden är liden,
så har jag dock spelat med ära min roll
och sover nog gott på nåt håll

Och reste jag

Och reste jag aldrig så långt bort i världen
och tvärs över hela vår jord,
så vore jag ändå lika fjär den
platsen, där solen blir gjord

Jag tänkte mig döden

Jag tänkte mig döden såsom en fé
som ville mig visa, som ville mig ge,
vägen till gläntan där drömmarna bo
Där allt skulle blomma, jag aldrig lät gro

Men aldrig jag trodde ett så mättat mörker
att dölja så grova bestar
Aldrig jag trodde så mången gick runt
bärande vilddjurets tecken

Tiden är en vandringsled

Tiden läker inga sår,
tiden bara går!
Tiden är en vandringsled,
världar djup och sekler bred

Hon som kom har gått igen
Tiden går och blir till år
Tiden läker inga sår,
tiden bara går

Jag skall gå

Jag skall gå. Jag skall ej lämna spår
Jag skall resa mig ett hus i hemlighet
Jag skall timra det sakta år efter år
och det skall åter bli sommar, höst, vinter, vår

Jag skall inte bruka sten och heller aldrig trä
Du ska inte minsta grand av murbruk finna där
Jag skall bygga på min dröm tills jag inte mer finns till
Jag skall gå in i den och alltid stanna där

Emellan två som älskar

Som solar föder skugga,
som eldfödd längtar den,
som flicka väntar pojke,
där aldrig kom igen

som döva drömmer fågeldrill,

som stumma stockar ord,
som blinda bygger hus och fjäll,
som tystnad söker ord

som fångar räknar friheten,
som stjärnor längtar natt,
som blommor väntar sol och vår
- jag längar ock till dig

Som längtan föder vandring
- vandrar jag till dig
Som Törnrosa drömde, drömmer jag
- drömmer blott om dig

Om solar även släcktes
och fåglar slutar sjunga,
om blommor ej mer blommar
- jag älskar ändå dig

- Även länge skilda
uti tid och rum?
Emellan två som älskar
finnes inga rum

Bara det vackra

Jag minns markens vita sippor
flickor unga, leende,
fåglar som oss hälsade
men annars inte våren

Jag minns vandringar längs stranden,
sol på himlaranden,

långa, ljusa nätter
Så minns jag sommaren

Jag minns tranors sträck mot söder,
trädens granna färgdräkt,
vindens lek med löven
men jag minns ej det var höst

Jag minns rimfrosten på träden,
domherrar i kärven,
markens vita bomull
men jag minns ej vinterns köld

Jag minns vägarna jag vandrat,
stjärnorna på himmelen,
skogar där jag sovit
men ingen svält och nöd

Jag minns drömmarna jag drömde,
de som levde och fick liv
Jag minns ljus som för mig tändes
men aldrig de som släcktes

Jag minns kvinnorna jag älskade
- möten, inga avsked -
den mätta älskogsfamnen
men ingen gråt och split

Jag minns händren, jag minns famnen
och värmen uti rösten,
de mjuka höga brösten,
men jag minns ej längre dig

Jag minns fågelsång i trädgården
- men jag minns inte huset -
kärlekslek på ängen

men ej "den äkta sängen"

Studie i svart

Vem är det som vandrar i natten och kvider?
- Min tanke som går till flydda tider
Vem är det som snyftar så illa och låter?
- Det är bara jag som gråter

Är själen täckt av snö och is?
- Själen min är täckt av snö
Minns att det blir vår och tö
- Till själen in når ingen tö

Var är den spov som dig betog?
- Den flög bort. Den kanske dog
Men sången kan du ännu höra?
- Ingen sjunger i mitt öra

Tror du det blir sommar snart?
- Sommar blir det ej så klart
Nog gläds du väl åt ljus och sol?
- Kölden minns jag från ifjol

Snart skall träden stå i knoppar,
luften fylls av fågelkroppar
- Allt jag ser är regnets droppar,
och förra årets vissna knoppar

Sol är glädjen stor som känns
- Mörkret, det är utan gräns
Sol och sommar blir det alltid
- Vintern min, den är en kall tid

Om sommaren, om sommaren du väcks utav en trast,
vinterrn bara söver
- Sommarjuset är så vasst,
Vintern har vad jag behöver

I solljus hör man ingen jämmer,
på natten kan man vila
- Solen bränner, natten skrämmer
Aldrig skall jag vila

En froströrd ört

Vad letar, du kära, i den vackraste vår,
i den vackraste vår som vår Herre rört?
- Då söker jag också den vackraste vår
vad döden har rört, en froströrd ört

Varför söker, du kära, vad döden har rört?
Varför söker, du kära, en froströrd ört?
- Jo, dess löfte sysslar min fantasi,
dess löfte leker min tanke glad

Och den sjunger för den som vill lyssna.
Den sjunger för den som hör,
sången om själarnas vandring
och om sommaren som aldrig dör

Och texten är mer än ackorden
Den säjer långt mera än orden
Ja, den är en kurir om en större vår
för dessa som aldrig en solglimt får

Jag, mätt att sommar dricka

Ej slutar solar skina
och älvar ej att brusa
Nej, fåglar vill ju sjunga
och träden stilla susa

Ej hejdas heller kretslopp
- på vintern följer vår
Flög den bort, din fågel?
Den kommer snart igen

Och aldrig vissnar blommor,
de somnar bara bort
Till jord de återvänder,
i jord de börjar om

Jag, mätt att sommar dricka
liksom höstens lök har vila,
mörker, jord att vänta
Sova över vintern samla
kraft och mod, att hungrig vakna

Det finns en plats

Det finns en plats av drömmar gjord,
jag skall där en gång bo
Den dag jag lämnar denna jord,
en gång när allt får ro

Då väntar mig en skugga sval
Då möter himmelrikets sal
med tusen, tusen blommor små
och himmel alltid blå

Där lyser stjärnor sällan klart
Allt går med lek, med spel och fart
Min längtan dit är tung och svår
fast sol det är och Valborgsvår

Jag mötte

Jag mötte en flicka,
hon fick mej att längta
Jag mötte en annan,
hon gav mej ett hopp
Jag mötte en tredje,
hon blev mina drömmar
Jag mötte en fjärde,
hon gav mej sin kropp

Jag mötte en femte,
hon skänkte mig vingar
Jag mötte en sjätte
- en vind jag lät fånga
Jag mötte en sjunde,
hon lärde mej flyga
Jag mötte den sista,
hon tog mej till himlen

Jag kunde nu flyga
- jag slutade drömma
jag flög som en svala
Vad mer kan man längta?
Jag mötte en skrattmås
Det fick mej att tvivla
Jag såg inga änglar
Hur kunde jag tro?

Och du trodde du såg
en fågel som föll
men det var ingen fågel
- det var drömmar som föll

Fågeln Duga

Att duga var min enda fågel
Sakta lärde den att flyga
Lyft av ingen utom vingen
av min längtan till att duga

Men höken är en tvivlare,
tager mången fågel
och avunden får människor
att klippa fågelvingar

Jag älskade att flyga
De tog min fågel från mig
Den fågeln hette Duga,
den kan je mera flyga

Skrämt rusar

Skrämt rusar en hare i natten,
hukad för spöke och skott
Den tog en skugga för räven,
ett uggleskri för ett skratt

Och haren är jag
På dess ängsliga sätt
jag springer för livet,

skrämd från mitt vett

Hare jag sprang

Hare sprang jag bland människor,
hare jag sprang i världen
Lång och otrygg var färden,
murar mest och gärden
För oron alltmer lik ångest,
hare jag sprang i världen

Av sorger allena

Drabba stormar, vrånga, vreda
- frid jag söker blott och fred
Gå mig, dag i möda fattad,
att saligt jag sover, jag rastar

Stora skarors sorgeled
Sol, så ljusfull ögat smälter
att jag då min tid är slut
trygg, i mörkret vandrar ut

Tag mitt bröd, min dryckeskalk
Allt jag äger glatt jag ger
Ty kärlek och tro må själarna rena,
växer gör mänskan av sorger allena

Ej ur solljus, knappt ur rosor,
ej ur lyckans lata gåvor,
blott ur törnet strömmar växtsaft
som ger själen ljus och växtkraft

Min ribba är inte hög

Jag har inga pretentioner,
min ribba är alls inte hög
Jag samlar ej på ambitioner
Min fågel är den som ej flög

Jag följer ej mallar och mönster
Jag väljer ej trampade stigar
Min väg är inte de mångas
Min väg är röstens, den inre

Och min sång är fågelns och vindens
Min sång är hjärtats det rena
Jag drömma vill blott under linden
och känna anden med kroppen förenas

Till mig själv besvuren

Vem sjunger dessa höga sånger
genom min mun?
Vem öppnar opp för vind och sol
mina döda rum?

Vem våldtar min kvinna och gör henne lycklig?
Vem spelar mig bättre än nånsin jag själv?
Vem är du jag speglar mitt ansikte i
Vem är du jag själv förälskat mig i?

Jag har hört dina steg i en älv,
den älv som genomströmmar mig själv
Vem är du som fortare än ljus och man färdas
och likväl ej är mitt rykte?

96

II

Frågar jag vem döljer sig
bakom och förföljer mig,
svarar han som bakom är:
Vem tror du att du är -

att från din sida du kan vika,
från dig själv du kunde fly?
Nej, till dig själv du är besvuren,
kan ej fly den egna buren

Priset 1

Min resning har jag inombords,
- växer jag, växer jag där -
djupt uti mig där ande är,
det namn en jätte bär

En del av mig den jätten är,
den del av min karaktär
som format mig har till den jag är
- Jag var stenen. Han var skulptören -

Och skulle jag då i en prövningens dag
förneka min mästare? Förneka mitt jag?
Nej, jag bär denna själ som ett kors, som ett straff
Det är priset jag får betala

Priset 2

En blomstersäng, en sommardag, är den första

Ett par barn, ett dussin år är den andra
Men den tredje gåvan är den största
Det är ett ljus och det brinner aldrig ut

Varför, om du mig återser
när tårar gjort skumt, ditt öga och vått,
du söker dig kring, kanske var jag ej där?
Kanske var jag ett hjärnspöke blott

För binder du även dig kärlekens krans
och reser bort mil så vitt,
följer dig också din egen svans
Den kan du aldrig bli kvitt

I dig skall jag leva i stjärnljus och sinne,
när som en skugga där du går
Du skall bära mig med som en dröm och ett minne
Det är priset du får betala!

Tron, hoppet, tvivlet – Livet

Det finns ett tak för vår förmåga,
ett tak vi själva bestämt
Det taket är tron på oss själva,
vår tro för det möjligas gräns

Likväl som tron försätter berg:
Tvivel, det ställer tillbaka!

O, mörker, du höga, som en himmel idag:
Hur skall jag mäkta och icke alls tvivla,
lyfta min tro för min kraft och förmåga
att högt över vantron den seglar?

Det finns en sång

Det finns en sång som skalden söker,
en sång som flyr och undan kröker
Det finns ett ord som visst kan skrivas
men dock som skrivet inget säger
Det finns en tanke, den kan ej yppas
Det finns ej ord som räcker till
Den går som vinden genom hjärtat,
den bor som ljuset i vår själ

Det finns en sol du blott försmår,
en sång du ej förstår
En sång så hög du ej den hör,
du blott med hjärtat fattar

Det är livets och kärlekens innersta väsen
och det låter sig inte beskrivas
Satte du också på papper det ner, stod där likväl inget

II

Jag tänkte jag spörjer en trast
så lyfter nog melodin,
men fastän trasten sin stämma bjöd
- det blev ingen harmoni

Och jag skrev väl en text eller tusen
men var finner man ord till en fågeldrill?
Att tvinga ord till en fågeldrill
- det är mord!

Ty ord är vapen, stål som sårar,
svärd som skär och rör till tårar
Ord gör sången stum och död
Orden dödar sången

Två vägar

Två vägar det finnes att vandra
Den ena så varm och mild
Den andra isande kall
Den första är allt jag längtar och vill
Den andra jag vandra skall

Längtansvind

Du minns din mor och hennes bleka kind
Det slog i fönstrer och det hördes vind
Det var just som om någon ville in,
till mor din
Någon som du sett stå vid er grind
och blåsa vind
mot mor dins förut rödrosiga kind
- iskall vind

Det var den sista gång du såg mor din
i vitögat in
Du gick till sängs i rummet på er vind
till måttlig vind
Du väcktes mitt i natten utav vind,
mäktig vind
Du reste dig och såg ut från er vind
Du hörde men du såg ej denna vind
Linden ute oböjd var av vind
- hörbar vind

Du hastigt sprang från rummet på er vind
Du följde vind
Dörren öppen var. Det blåste vind,
Det var som mor din bjudit in

Denna vind?
Du fortsatte och gick till mor din in,
våldsam vind
Du kände på din moders kalla kind
Iskalla kind

Då hördes som ett jubel i den vind
Det var som någon sjöng uti den vind
med mor dins milda röst, i denna vind
Och du visste att hon gått i vinden in
Alltsedan dess så har du sökt den vind
När andra gick till dans och vännen sin,
du kröp längst i de mörka rummen in
Den glädje som var deras var ej din

Där mänskor var och ljust du gick ej in
Där fanns ej vind
Du sökte hela världen ut och in,
efter vind
Du gammal blivit, gammalt är ditt sinn
Ditt bittra sinn

II

Det står en gammal man invid din grind
Det känns ingen vind
än emot din alltför bleka kind
Han vill in
Han tar i regeln och han öppnar grind
Ingen vind
Han uppför gången går
men... ingen vind
Han trappen uppåt fortsätter att gå,
ingen vind
Han prövar dörren och går sedan in,
ingen vind

Han står framför din säng,
ingen vind,
och viskar du är min. Du sökte vind
Tag av ditt linné, så skall jag ge vad man ger sin
hustru, sin
I natt skall du bli min och bara min,
riktigt min
Han blåser ljusen ut och den är slut,
längtan din
Det blir en natt där han gör dig till sin
och han blir din
Men även fast att natten är så fin,
ingen vind

Så med ens han fattar handen din,
len och fin
Ni vandrar genom trädgårn ner mot grind
Varm, blodfylld kind
Du ser din man, en bonde stolt och fin,
fingra lien sin
Han öppnar grind och säger: Nu blir du min,
förevigt min
Ni vandrar hand i hand i mörkret ut
Det kommer vind
En värld försvinner och allt tager slut
Då plötsligen du känner mot din kind
den okändes hand. En namnlös vind

Tingen jag ärvde

Jag föddes väl inte med silversked,
min stamtavla var inte guldkalvens,
men tingen jag ärvde har räckt
- de renat mig har och väckt

Min första arvedel var ögonen
Kom nån dem riktigt nära
han såg de ej var där att de var som stjärnor fjära
Dock kunde de på lögn och sanning sära

Min andra arvedel var öronen
som hörde vad ingen sagt
De hörde ej blott det som sades högt,
de hörde också tanken

Dock var den tredje den största
- min sorgtunga varböld till själ
Med den i min kropp jag ej glömma förmår
allt vad mina ögon och öron mig lärt

Den rusar min stämma till högsta falsett,
den tiga ej vill och förmår
Den skickar mig bort med väldiga segel,
den ger mina fiender svärd

Den tänder för världen ett brinnande ljus,
den tänder det uti mitt hus
Den bugar för tiggaren, för blinda och en ros
men hälsar varken titel eller gods

Och fast aldrig den varit till glädje precis
är den inte till salu på något vis
Du kan den ej köpa
Den har inget pris!

Tablå

Jag vill föra de fattiga satarnas talan,
sätta på pränt deras ordlösa klagan

103

Jag vill bygga en ny värld med dikter opp
för den som har tappat sin dröm och sitt hopp

Jag vill ge mina ord till den som inga ord har,
min mening åt den som ingen ser
- åt den stumme jag giver min röst
Den skall eka över världen ur hans bröst

Med min dikt vill jag värma en köldslagen själ,
vill jag måla en sommar
Jag vill stapla upp ord till ett hemlösas bo,
inrett med kärlek, värme och ro

Och för varje ett liv som kom bort,
vars ljus brann ner alltför fort,
vill jag sjunga en visa och skriva en vers
att gå över jorden kors och tvärs

Så låt den vers mina tankar skulpterat
bli en del av er levnads dag
och må hela mitt verk – som er jag tillägnat -
bli er till gagn och behag

Bockfot och svans

Så binder du dej en påfågelskrans
av fjädrar du plockat än här och än där
Och struttar omkring med högburen svans
och din brokiga karaktär

"Kläder gör mannen och ställningen hans"
Så miste du även din sans
att gick du om djävulens image var "inne"
glatt, uti trendriktig bockfot och svans

Men vinden skall bära en fläkt.
Vinden skall öppna en dörr
och fast skunken bar nysydd dräkt,
stank han precis som förr

Till hus jag kom

Till hus jag kom men aldrig hem
Jag undrade ju alltid vem
jag är och varför detta hus
Jag sökte ju ett större ljus

Det går en man

Det går en man mellan mörker och ljus
blickande mot himmelen, med foten fast i grus
Det går en man någonstans på vår jord
mellan liv och död, mellan tystnad och ord

Och han går i stjärnljus, han går i sol
Han går i år och han gick i fjol
Och han vandrar för ljus, han vandrar för frid
Han vandrar för evig tid

Och han går på fälten där vindarna strömmar
och lyfter på stenar. Han söker sina drömmar
Han har gått från hus och de som kallar honom far
men frågar du varför, du får inget svar

Och han har vandrat så länge mellan tvivel och tro,
han har gått så långt ut på dimmornas bro
att han inte ens tror det klarnar en dag

Och jag vet för den mannen är jag!

Tag min kropp

Tag min kropp och göm den, jord,
som vore den en blomst i lopp
- tag det frö och bär det
mot ljus och himlar opp

Låt mig sedan skjuta knopp,
som en blomma fly min kropp
Leva blott som en essens
i en större existens

Vad gör det då om det blir kväll?
Underskön jag står modell,
vän som ingen eternell,
för en drömbok i pastell

Kom, bara kom

Kom när skymningen stilla sig sänker
Gå varsamt att du icke väcker henne
Kom när isen har lagt sig på sjön
Kom när du går säkert på snön

Kom när dimmorna tätnar och tjocknar
Kom när stjärnorna flämtar och slocknar
Kom när det kvällas, när det mörkare skymmer
Kom när himmelen solen ej rymmer

Kom i de mörkaste stjärnlösa nätter

Bär på ett ljus att du icke går vilse
Kom när minnena spelar mig spratt
Kom en sån natt jag hör hennes skratt

Kom när mörkret väldigt har stigit
Kom när hon länge har tigit
Kom när frågor ej mer gör besvär
Kom när hon inte längre är här

Kom när de skönaste stjärnorna blänker
Kom när på det vackraste i livet jag tänker
Kom när en dag jag vandrar fram i frid
men kom framförallt i tid

Kom som en våg från en fjärran strand
Kom som en främling med gåtfullt namn
Kom! Kom stilla, kom som en vän
Du nåd av strupes skri uppbådad

Kärlekens ljus och sång

Nu går vi knappast runt i hjärtats mörka hus
en natt, en becksvart natt och tänder kärlekens ljus
De ljus man må tända igen och igen
ty kärleken svalnar så hastigt, min vän

Och en gång är det försent att kärleksljus tända
Två kalla hjärtan mäktar ej sända
två små fåglar upp på en gren
En flyger bort och kommer aldrig igen!

Så kom! Låt kärleken spela för rum,
spela för rum i vårt låsta kvarter,

107

så kunna det hända som händer ibland:
Två sångfåglar möts i gemensam refräng

Och den väg kan icke byggas

som blir oss alltför lång
så länge vi gör rum i oss
för ljus och fågelsång

Redan där

Vis mig den stjärnan så bländande skön
att ögonen mina förblindas.
Förblindas och aldrig mer öppnas vill
att jag ständigt den bär i min pupill

Sjung för mig sången, den högsta som finns
att öronen mina skammas och stängs,
att andra sånger de ej höra vill,
att de blott denna vackraste minns

Läs mig en dikt så förunderligt vis
att aldrig ett ord mer jag bruka vill
Skänk mig en doft så ljuv lukta till
att till intet mera jag lukta vill

Ge mig en dag av sådant behag
att till intet jag tränger än jord
Gör mig en natt så tung och så mörk
att döden aldrig mer skrämmer mig

Ty vad äger jag då som de döda ej äger
om döv, stum och blid samt luktlös jag är?

Om min tanke har stelnat, om ord ej jag brukar?
Inget. Jag är redan där!

Så tänder vi ljus

Så tänder vi ännu ljus
att sprida sol i vårt hus,
att hålla rov från vår dörr,
som man gjorde förr

i hednatider. Människan då
brukade elden så:
Till värme och skydd och steka uppå
och samlas ikring då och då

Ja, allt är sig likt. Eldens bruk,
ljuset och skräcken är samma,
som förr när man satt runt eldar på huk
Blott människan är ej densamma

Visan till den äldsta dottern

För dig, för din dröm och din stjärna,
att tända med min visa en lanterna,
jag vågade liv och gjorde det gärna
men ännu en stund får du vänta

Den visan är ännu ett mörker blott,
en fågel i mitt öra
Dock sker det ibland, jag fångar en ton
som ingen annan kan höra

Så väntar du ännu ett år eller två,
kunde det vända och hända som så
att tankarna spänns, gror större och sprängs
och aldrig mer känner storhet och gräns

Då ger jag dig också en visa så stor
att aldrig en större i himmelen bor,
att vara dig mera än lycka
och lysa dig mera än sol

Ångest är din gäst

Nog vet du de ramar som kramar,
som vore de polio – förlamar
Nog vet du vem bågnar till nöd in ditt bröst
och vem dig är efter med stryparehänder

Nog vet du vem rusar ditt hjärta,
nog vet du vem ropar din strupe
Nog vet du vem hälsar så våldsamt på
(fast smyger han tyst uppå tå)
att glädjen han dödar och hjärtat
och allt som han vet är värt att

Den bor som en brand

Du som fri går vart du vill,
du som lycklig vet vad du vill,
du som rik gör vad du vill
och du som redan gjort allt du vill -

Din bärgning och lycka skall aldrig bli min,

min dröm, min längtan kan aldrig bli din
Den bor som en brand, som ett feberrus,
i den fattiges syner och hus

Inte ens längtan

Jag vill döpa ditt barn när det namnlösa bränner,
jag vill bleka med solen ditt svartmod
Jag vill vara din båge när strängen du spänner
Alltid – en längtan från dej

Jag vill väcka din vinge när vindarna strömmar,
rusa din stukade tanke med drömmar
och komma med blixten om nånsin du ber mej
Snabb – som en längtan från dej

Jag vill spinna dig tråd när du tappat din egen,
smeka till vila då vägen blev lång
Varda till jorden som famntar din kropp
och aldrig mer vara ens längtan från dej

Elegi

Vad fordom jag visste helt säkert,
står mig ej längre så klart
Numera i tvivel omspunnet,
det piper ikring mig och far

Hög, o, hög var min längtans dag,
(nu sänkt är dess topp och spira)
då golv var golv och tak var tak
och aldrig dessa möttes

Men lyckan kommer, lyckan går
- lång är omloppstiden
Högt där förr jag gjort mitt mål,
gapar nu ett stort, svart hål

För tiden gick och tiden tog
allt där gjorde att jag log
Tomma hallar, tomma rum
sist mig övat slö och stum

Vår levnadsdag är blosset kort
som sky, likt svala drar den bort
Att hinna allt man vill är svårt
när som till oro da'n går åt

Men när imorgon blir idag, likt idag var igår,
då skall jag göra något stort av min dag
Men "imorgon" är alltid en annan dag
Det finns alltid ännu en morgondag!

En gammal historia

En gammal historia från längesen,
jag vill dig berätta, min vän
Det var dagen jag vandrade landsvägen fram
och en stuga i skogen jag fann
Och ett någonting hejdade klacken
Det sjöng ju från stugan i backen
Och jag tänkte så sjunger väl fåglar en gång
strax innan de flyttar sin sång

Och, flickan, där satt uppå trappen,
sa: Välkommen. Tag ej till sjappen

I morgon kan vara en annan dag
Då finns kanske varken du eller jag

Och vill du också föra
din visa mot mitt öra,
så vill jag gärna höra
- du har mitt hela öra

Ty det enda jag egentligen vill,
är för dig en sekund finnas till
Jag vill bara brinna en stund
i din famns allra innersta rum

Så kom, men kom utan kläder
Låt mej känna din kropp utan läder
Vad tjänar att prata väder,
när jag tänker på dig utan kläder?

II

Jag mötte en man när jag gick därifrån
Han sporde: Var kommer du ifrån?
Från stugan i skogen jag svarade glatt
Från den ljuvaste flicka, med det vackraste skratt

Men gubben skräcktes, förskräckt blev hans syn
Och jag tänkte väl något om fånen i byn
- Det har aldrig funnits en stuga där
och finns inte heller den dag idag är

Och fast jag vände på klacken
- av stugan ej spår fanns i backen
Du må kalla det dröm eller klen fantasi
men det finns märkliga strömmar, det finns självironi

För som var väl slikt och somt är väl vikt

från mina poetiska ådror
Lite lögn, lite sanning får sjuda helt kvickt
Det räcker precis till en dikt

Visan till den yngsta dottern

Du var en så söt liten flicka
Du dansade lätt menuett
Nu svänger du inte längre
din kjol i snäv piruett

Nu sitter du mörk och tyst i en vrå
och prövar väl inte dansstegen just
men bördorna lättas om man är två
och olust kan svänga till lust

Och vad tjänar att grubbla och längta
- fast längtar och grubblar man gör -
Nej, håll glädjen levande uti din röst,
låt den få leva varm i ditt bröst

Då svänger du kanske med livet en dans
runt och glömmer din smärta
Virvlar fram så lätt och grann
- det brinner igen i ditt hjärta

Även då

Även när min hjärna inte längre minns
kommer min kropp att minnas din kropp,
mina händer ännu smeka dina bröst
och mina läppar bli kyssta av dina heta läppar

Även efter mina ögons ljus haver slocknat
kommer jag att se din älskade gestalt franför mig,
skall jag njuta av formen på dina bröst och ditt sköte
och se ditt vackra anlete stråla emot mig

Även då mina öron har slutits för världens larm
skall jag ännu lyssna till din älskade stämma,
kommer jag fortsätta höra dig kalla mig din sol
och njuta av ditt skri vid älskogens extas

Även då vi inte längre finns skall våra själar finnas
Längtande, sökande ibland miljontals andra,
i själarnas hav efter varandra
De skall söka med ett ljus och en värme som enda identifieringsmedel och åter
finna varandra

De skall äntligen gå upp i varandra,
sammansmälta till ett och för evig tid varda ett

En enda själ såsom meningen var i begynnelsen av denna enda
själs födelse - före delningen i två
Så skall vi vila i en evighet tillsammans
Då, när vi inte längre finns...